梅櫻二集

沈西城 著

黎漢傑 編

目錄

櫻之卷

梅櫻集序

沈西城

四十七年前，我寫了《梅櫻集》，到今年二〇二三年，相隔四十七個年頭，方再出版了《梅櫻二集》。《二集》裡的文章其實亦多寫於七十年代中期，我二十七、八歲的時候，作品看來並不太成熟，可是，有幾篇如今看來，似未過時，尤其是〈新感覺派與新興藝術派〉一文（刊七六年的《明報月刊》），介紹日本近代兩個著名的文學流派以外，還隱含着我的文學觀——「反對隱晦難明，文字歐化。」當年以為會有附和追隨者，結果寥寥無幾。四十餘年後的今日，這種早被日本文學家摒棄的文學觀念，仍舊行屍走肉地存活着。實質上這兩種文學流派存世的時間並不長，發起者之一川端康成，一早就棄甲而逃，否則便成就不了獨特的川端美學。諾貝爾文學獎發言人在頒獎感言上，這樣説——「川端先生用他『獨特』的文字，記敘了日本傳統文學裡面的美麗與悲哀。」那一年，同時進入最後五名入選者名單的三島由紀夫，在日本文壇一片看好聲音中，慘遭滑鐵盧。望文生義，就是沒有本土的根，同一道理，村上春樹屢敗於諾獎，亦正是過於西化。老朋友本橋春光教授説過：「要知一國文學必要有本土的根，可以吸納外人進步的文學思想，絕不可套用西洋化、非驢非馬的文字。」我慶幸自己四十多年前，已看通了這一點，跟老同學也斯一早分道揚鑣，期間受盡冷待、藐視，雖千萬人，西城往矣！我還是覺得自己所走的路是正確無誤的。除了〈新感覺派〉，還有記述松本清張、井上靖、東洋歌舞伎、東洋刀劍等的幾篇文章，花了不少心思，希望我的讀友們都能得讀，你們的喜歡，正是作者最大的榮耀和幸福。

二〇二三年五月中旬序白於迎海樓

梅櫻二度開落

黎漢傑

二〇二〇年，我替西城叔叔復刻了一九七六年波文出版的《梅櫻集》，他和我説其實當年還有寫過、翻譯過不少和日本有關的文章，只是後來沒有結集。現在年紀大，發表在哪裏，也忘記得一乾二淨了。我就拍心口話，包在小朋友身上。叔叔倒一臉疑惑地問，真有辦法？

幸好以前任職大學研究助理，找資料，對我不難。從香港、台灣兩地大學的資料庫，找到不少叔叔文章的發表記錄，粗略計算，就有《大大月報》、《大任》、《大成》、《七藝》、《南北極》、《明報月刊》、《明報》、《星島日報》、《益智》等報刊，另外加上一篇收錄在他翻譯松本清張《霧之旗》的訪談記（當時是作為代序），已達十萬字之數，傳給叔叔，他立即打來，欣喜重見出土文物之餘，更對我感慨：原來當年寫了那麼多，想不到，真想不到！

本書名曰《二集》，文章重點之一自然是延續《梅櫻集》中日文學、文化交流這個課題、尤其是魯迅、郁達夫，佔了不少篇幅。郁達夫的主要關於考據郁氏生平，魯迅部分則涉及日本友人交往、作品日譯源流。其他如陳舜臣、李香蘭等，則讓讀者了解著者的生活面貌，尤其李香蘭，在當年李氏自傳還沒有完整翻譯出版，可說是非常有價值的文獻資料。

至於如〈東洋刀劍談〉、〈日本武士道與西歐騎士道〉、〈日本作家寫稿的怪癖〉等介紹日本文化，取材理趣兼備，同時切入比較視野，即便是今日出版的同類著作，撰寫的角度也大抵不過如此。

最後，也是篇幅最多的，就是關於日本作家的文章。如果說〈從新感覺派到新興藝術派〉與〈井上靖其人及其作品〉資料詳實，條分縷析，梳理文學流派與個別作家細緻入微，是以理勝；則〈默默耕耘的老人——記翻譯家本橋春光教授〉與〈松本清張先生印象記〉以人為中心，有故事，也見到作者自己的身影，就是以情勝。兩者相比，我更喜歡後者這一類文章。本橋春光與青年沈西城的相遇，意外造就了一本

《現代中國短篇小說選》的誕生，收錄其中的就有劉以鬯作品《對倒》的短篇版本。雖然，書本面世過程一波三折，但最後還是順利出版，可說是港日之間一次特別的文字因緣。

至於〈松本清張先生印象記〉，以一萬多字的長卷，敘述一日之內兩人的相處，除了知曉松本清張創作小說的背後功夫，更難忘的是，對松本清張的推理小說，沈西城與松本清張自己的評價與分析，這點尤其難得。難怪，這篇多年舊文已有日譯本，刊載在《松本清張研究》年刊了。

回顧這批文章，大多寫於七十年代，當年還是風華正茂的沈西城，會否想到曾經摘下的片片櫻花與梅花，五十年後還有機會再看到二度的開落？

二〇二三年五月二十七日

梅之卷

奇女子李香蘭

李香蘭著，沈西城譯

童騃之時，喜聽時代曲，歌者芸芸中人，獨喜李香蘭。家父有友多為東洋人，便中輒談及李香蘭的事蹟，那時少不更事，聽後多便遺忘；挽近讀報，得悉李香蘭已獲選為議員，以女流之身，得廁政界，殊不簡單，因而引起我對她過去一段生涯探討的興趣。

李香蘭實在可稱為奇女子而無愧，她的北京語說得要比一般中國人漂亮，風姿美韻尤為一般中國女子所不能及。她生於中國，育於中國，跟中國的歌唱、電影界都有着相當密切的關係；在今時今日看來，這一切都似已成陳跡，不過，若果當作掌故來說，未嘗不可作為人們茶餘飯後的談佐。手邊存有一些資料，趁着有閒工夫，順便抄錄一些來作介紹，原文登載於一九七〇年十月號的日本雜誌《中國》裡，作者便是李香蘭自己，故行文均以第一人稱；此處為保存真實感，不擬竄改成第三身了。

童年的生活

我於一九二〇年生於滿州撫順，為六姊妹中的長姊。父親生於日本佐賀縣，已於一九六八年去世。我父為中國留學生，在北京同學會那兒讀書，他本是一介平民，卻能廣結中國朋友，這實在是我父的人緣好。

父親的事，我知之不詳，他跟母親

年青時候的李香蘭

是在中國結婚的；那時候的事，迄今還留在我記憶裡的，大概是在讀幼稚園或一、二年級時，跟父親學北京話的事。撫順有間叫做滿鐵的公司，父親跟他們有點關係，便在夜裡教公司職員講北京話，他常帶我一塊兒去，這是我最初跟北京話發生關係的經過。

打從小學至中學二年級為止，我讀的都是日本學校，因之養成我能讀日本語和寫日本字的能力，倘若一開始便進中國學校，我相信便不會懂日本文的了。這之後，我便到北京讀書。那時日本政府提倡「五族議和」（即滿州、朝鮮、蒙古、日本、俄國五民族），我便是在那種光景下渡過了少女時代。

李香蘭名字的由來

在中學二年級時，我家由撫順搬至奉天（今瀋陽），這段時期，對我來說，可謂決定了自己的人生，李香蘭的名字便在那時產生的。

瀋陽有一位李際春將軍，是瀋陽銀行的總裁，跟我父親很熟落，於是我便認了李將軍作乾爸爸，又叫李將軍的太太為乾媽，女兒為乾妹妹。

在李際春將軍的生日宴會上，舉行了認乾女兒的儀式，李將軍替我取了「李香蘭」的名字，又把我的妹妹悅子叫做「李悅蘭」、誠子叫做「李誠蘭」，我們姊妹皆姓李名甚麼蘭的。

學歌的開始

有關我學唱歌的經過，說來話長……。在撫順女校讀書時，我成績雖不惡，卻很怕數學這一科，但是，我的歌唱得不壞，上音樂課時，多能取得好分數。不久，我家搬到瀋陽，大概是那時候前後的事吧！我患上肺病，在家療養了大約半年的光景。那時候，我很覺煩悶。俄籍女友留巴齊嘉，與我年紀相若，我們很談得來，她家開了一爿麵包店，平時我管她叫留巴姊，大家常手牽手的在街上散步，這時我不過是十二三歲左右。留巴姊很同情我病中的煩悶，便提議我去學唱西洋歌曲。那時，瀋陽有個很出名的歌唱家叫做波多里索芙夫人，留巴姊便帶我到她那兒去。

我們兩人到了那裡，波多里索芙夫人自彈自唱，一曲既畢，便指令我試唱，我大吃一驚，便用蚊子哭叫般的聲音唱起來。之後，留巴姊跟夫人用俄語談了一會，便着我稍等；我走出那鋼琴室，在地下等着。不多久，留巴姊來了，告訴我夫人着我下週起，每個禮拜來一趟。

用李香蘭的名字唱歌

在未赴北京前，我一直跟隨波多里索芙夫人學歌，因此，也就漸漸能唱了。學歌的開始，夫人規定要唱藝術歌曲，她教唱的幾乎都是俄國歌。我的歌腔鏗鏘，便是那時用俄國發音法打下根基的。

瀋陽有一爿叫做大和的大酒店，在那兒，夫人每年都有一趟演唱會。波多里索芙夫人的演唱會，很能招引一班上流人物，是當時瀋陽的一大盛會。那時，我已擔當助演。大概到了十四五歲，我有生以來，第一次在大眾面前，唱了四隻歌，唱得不好，拍手的人卻很多。

有人很欣賞我的歌藝，走來跟我商洽，那人便是瀋陽放送局的東先生，他希望我能在電台上唱歌。東先生正計劃籌備一個叫做「滿州新歌曲」的新節目；用現時的話來說，即是所謂「流行歌曲」。東先生要找唱這類歌的中國人，卻一直找不到，我既然懂得中國話，唱這類歌當然是沒問題了。東先生跑來我家，懇求我在電台演出。這種步進藝壇的事，是我做夢也沒想到的……。於是我決定去唱，但是用什麼名字去唱好呢？用「山口淑子」——我的日本名字去唱中國歌，當然不很合適，經過一番商議，我既然有李香蘭這個中國名字，東先生就認為索性取來一用好了。

我在唱「滿州新歌曲」時，擔當一個叫李香蘭時間的節目，唱了很多中國歌曲，至今我還記得許多民謠與流行歌曲。此外，中國的古老歌調，到現在仍存我記憶中。

THE WELL EQUIPPED MUKDEN GIRL'S HIGH SCHOOL.
(奉天) 完備せる奉天高等女學校

奉天女子商業學校舊照

到北京讀書

我是一個人去北京的。因為家裡從撫順搬到瀋陽時，我進不了「奉天女校」。學校已滿額，再也不招學生了；但是那兒還有一爿叫做「奉天女子商業學校」的，尚有空位，我便投考進去。商業學校有珠算及簿記課，搞得我很慘。我不堪煩惱、便發牢騷。我父沒辦法，就送我到北京進中國女學校去。我從瀋陽乘三等車，過山海關……我周圍都是中國人，沒有什麼日本人，但賣票的是日本人，我還記得很清楚。

是昭和八年左右吧（一九三三年）——冀察政府已成立。我在北京棲寄冀察政府政務處長潘先生家。潘處長替我起了一個「潘淑華」的名字，送我進了「翊教基督女學校」。潘處長有兩個女兒，我就成了他第三個女兒。我穿着中國木棉青制服，跟兩位小姐一起睡宿，每日同乘黃包車到學校去。那時，在北京西城的學校區，抗日示威很盛，我讀的「翊教女校」亦無例外，日本人是不准進校的。因此潘處長才要跟我起個中國人的名字。噢！就是那時開始，我接受了純粹北京話的教育。雖說跟我父學過北京話，但所進的是日本學校，回到家裡去，說的又是日本語，北京話要捲舌頭兒，我雖能勉為其難，然而所識的生字卻不多夠用。

那時，北京抗日很厲害，被人家知道是日本人就很危險，我唯有拼命學好北京話。在未能說得流利，不露破綻時，在學堂裡上課，我就如啞巴一樣，文靜得很。

想做政治家的女秘書

潘處長家常有大人物出入，像王克敏、吳佩孚等。潘處長的家很大，男女傭人就有百人之多。潘處長有妻兩人：住在東廂，專責生產的，叫東夫人；住在西廂，管教養的，叫做西夫人。東夫人儀容美麗，纏小足，兩位夫人是同時跟潘處長結婚的。

每有大人物來時，都引進裏室去。潘處長跟他們橫臥床上吸鴉片。鴉片是需要人燒的，這大多數是由兩位夫人或女兒來任命；如用了外人，恐怕會洩露談話的秘密。我有時也替他們燒鴉片，但是他們說些什麼呢？我年紀小，都聽不懂。那時，我很希望能成為政治家的秘書，這因為常聽他們的秘密會談，令我對政治產生了某程度的興趣。

女學生時代的事，我還能想得起的，是「太廟」這地方。那兒古木參天，在樹蔭下，有許多女學生聚在一起，邊做功課，邊讀書；喝着中國茶，又吃着蜜棗，大家就這樣地談着話。然而，想起北京的學校生活，可悲的總要比可樂的要來得多。

北京有一處名曰「中南海」的地方，那兒的池畔有亭子；一俟晚上，學生們便聚集在那兒。男學生也有參加，想起來約有十四五人吧！大概是七七蘆溝橋事變之前，仔細日子已記不清楚，總之是中國軍跟日本軍之間情況已甚緊張的時期。我也被邀請去參加他們的集會，因為他們都不知道我原本便是日本人。我們談到一旦日軍進攻，學生們應該怎麼辦的問題。抗暴嗎？打游擊戰嗎？還是一走了之？

那時期，還有其他集會；談到萬一日軍攻破北京城，又如何辦？為了不要讓日軍攻進來，大家都嚷着要奮戰到底。被問及我怎麼辦時，我覺得很窘，很難回答這問題。我想了想回答說我會首先登上城壁，當「炮彈灰」，就讓我率先去死吧！在我來說。當時實在找不到其他的話，我感到淒涼，故而這樣說了。

我的乾哥哥川島芳子

我現在要說起川島芳子來了。潘處長後來移任天津市長，因此到了暑假，我們一家都到天津玩去。唉！還是女學生時代的事，在一個宴會裡，偶然遇見了川島芳子，當時她叫做金璧輝將軍，聽說本來還是清朝肅親王第十四位女公主呢！她穿了軍服，是她一生中最輝煌的光景。她很喜歡我，她女扮男裝，風度翩翩，跟我結拜做了兄妹。川島芳子很風流，有許多女朋友繞在她周圍，她的客廳時常都非常鬧熱。我從她那兒得到了一襲粉紅色的洋服，尺寸正合我身材。川島並不見魁梧，但是很討人喜愛。我們遠離了天津大約有一個禮拜左右，過着日夜顛倒的生活，子夜吃午飯，暢遊常至達旦，對我這十五六歲的少女說來，實在不能過這樣的生活。

這以後過了多年，我在北京真光戲院碰見了川島。上演前幾分鐘，有一班軍人推開人群進入了戲院。我坐在前廂，跟妹

● 穿軍裝的川島芳子

妹坐在一塊兒吧，不知誰進來了，只見眾人都把視線投向那邊。看清楚，原來便是川島，她肩膊上棲着一隻猿猴。休息時，川島站起來，說這電影無聊；她就是喜歡這樣搞的。

日本敗戰時，在北京我又碰到已經不再是金將軍的川島。她穿着中國女裝，肩膊上仍棲着猿猴。我們一起吃飯；席上，她在足部上注射嗎啡，大腿肚子滿佈着紫色針跡。戰後川島被判為漢奸，據說就在北京被槍斃掉。

進入電影了界

我之進入「滿映」（偽滿官辦電影公司），純出於偶然。那時我希望做一個政治家的秘書，並不曾想到進電影界去。

某日，日軍報導部的山家少佐差人到潘家訪我，我到了會見的地方，才知道原來是約我拍音樂劇。「滿映」曾派人找過唱「滿州新歌」的李香蘭，知道不在滿州而是去了北京，山家先生便覓人苦找。山家少佐是我父朋友，在撫順時，便常來我家遊玩。

正因如此，我答應了拍電影。起初因為主角不懂唱歌，說好我只作幕後代唱。不料一俟正式開拍，我竟被任命為主角。這部電影便是《蜜月快車》。

拍好《蜜月快車》後，為了要參加什麼博覽會的，十八歲的我才首次踏上日本的土地。同行有「滿映」女明星孟虹，我們隨着近藤伊與先生從釜山乘船到了下關港；初見祖國河山，不勝激動之際，突然傳來日本軍官的罵聲，那些話至今我猶不能忘記。落船時，警察官檢查護照，孟虹下船後，便輪到了我。護照審查完畢待要走時，又把我叫了回去：「再給我看看護照！」那警官叱喝着，向我細細打量。在眾目睽睽之下，又怒道：「你是日本人吧！幹嘛要穿『搶哥魯』（辱罵中國人的話）的服裝，一等國民竟然穿着三等國民的衣服，不覺羞恥嗎？」第一步踏足日本，便聽到這樣的話。聽不懂日本話的孟虹很驚恐的問我，到底出了什麼岔子。但我怎能夠說實話呢！

此後，我又拍日本電影，那是跟長谷川一夫合演的《白蘭之歌》上下集，與《支那之夜》。《支那之夜》在昭和十五年（一九四〇）在日本上演時。引起了很大的騷動，那便是著名的「日劇七圈半」事件。《支那之夜》在日劇上演時，我曾隨片登台，那日恰巧是二月十一日「紀元節」（日本開國紀念日），前往皇宮「遙拜」的學生們在回程中都擠來日劇處排隊購票，是騷動的主要原因。

山家少佐的愛情悲劇

我現在想來說有關介紹我進「滿映」的山家少佐底事情。山家先生能說很好的北京話，他跟中國的緣分很深，可是他的收場着實很悲慘。

山家少佐是川島芳子的初戀情人，兩者間有很熱烈的羅曼史，有一時期，我深被川島恨着，因為山家先生介紹我進「滿映」，川島就有了很大的誤會。當然，我跟山家少佐原無任何關係，但川島嫉忌，當然向軍司令投書，要把我判獄。山家少佐並不英俊，只是他很受女性歡迎。在上海報導部治事時，他跟一個中國女明星鬧戀愛；環繞着他身邊的，便有兩個女明星，於是造成三角戀愛。正因如此，山家少佐便惹上了官非。原因是其中一個女明星向東條英機密告山家少佐為反間諜者，結果山家少佐被褫奪軍階，關在名古屋監獄裡。

我從中國回到日本，剛開始為東寶拍電影時，山家少佐突然來訪。他向我告貸。他說他是趁監獄被轟炸時逃出來的。那時，我因要照料雙親及兄弟等，才剛恢復拍片，收入也僅堪糊口，就只好拒絕了他；他又要求我收養他前妻的女兒，我答應了。那女孩子第二天便來到我家。

數月後，我在「大船」（地方名）拍片，報館打電話到我棲息的地方來，問我認不認識山家少佐，這是深夜的事情了。我說認識，對方又問那女孩子（即收留在我家的）是不是我跟山家所生。我聽後大怒，那女孩子已十六歲了，我不過二十多歲，那麼我豈不是十歲就生孩子了嗎？記者先生又告訴我山家少佐自盡身亡的消息。屍體被發現在山梨縣的甲府山中，野狗啣着他底腐爛的頭部；屍體側有遺書兩封，寫給我的，着我好好照料其女兒，記者大概就此穿鑿附會了起來，也說不定。

還有更不幸的事情。我到美國那段時間內，那個女孩子竟然服食安眠藥死掉了。她真是一個美人兒，可惜有肺病，在一所酒吧裡做事，聽說也有了戀愛的煩惱……。

成了紅影星

我之能廣被人所認識，還是在加入上海「中華映畫」（即「華影」），董事長為汪政府宣傳部長林柏生，副董事長川喜多長政、總經理為張善琨），主演了《萬世流芳》之後的事。《萬世流芳》取材於鴉片戰爭，着意描寫被英國侵略時期的林則徐。這電影十分賣座，特別是我在這電影裡面唱的「賣糖歌」，使我受到了觀眾的注意，這是昭和十七年的事（一九四二年）。

那時中國的文化中心，無論怎樣說，都非上海莫屬。我所隸屬的「滿映」，從中國整體來看，不外是滄海一粟。因此，要得到中國人認識，就非得成為上海明星不可。《萬世流芳》集合了當時全中國最優秀男演員王引、高占非，女演員袁美雲、陳雲裳等，陣容鼎盛之極。

後來，我又回到北京去，跟中國記者見了面。記者大約有百人左右，都問我有關在上海的事。

我在上海拍戲時，因為「李香蘭」這名字有過許多麻煩。同事們對日本的侵略，與及日本製造的傀儡政權，多有憤恨之言，但這都不能說出來，對他們來說，是多麼痛苦呢！我亦已長大了，對這種一方面施以懷柔，另一方面不斷用武力壓迫的日本政府的政策，亦很明白，我真不想用「李香蘭」這名字了。上面曾提過陳雲裳女士，她曾有過很不如意的事。那時上海停泊着日本軍艦，日本軍方希望明星上艦慰問，起初明星們拒絕，後來因為軍方答應不以明星們此舉作宣傳，陳雲裳一眾方肯去進行慰問。可是，到了第二天，報紙上卻盛大加以報導這趟「中日親善」，因此，罵陳女士為「賣國賊」的信件及電話紛至沓來，急得陳女士在拍電影時也忍不住哭起來。

這種事是常有的，但是中國人當着我面時，都愛說真心話，如果有日本人，即使只是一個人，他們便會中斷談話。不能背叛中國人的心情，那時候於我是十分強烈的。以我來說，「李香蘭」這名字是不大有利的，它常常成為「眾矢之的」。我的國籍是日本人，慰問日本兵隊，當然不好拒絕，處身這樣的「進退維艱」處境中，我有着不能任意轉動的苦況。

有關《支那之夜》

我所會見的中國記者們，都知道「李香蘭」是日本人這件事實。在會見記者之前，我見到了新聞記者協會會長李先生（李先生也是我父朋友），我告訴他我的原來名字是「山口淑子」，住在中國北京，父親叫做「山口文雄」，是一個愛中國、住在中國的男人，我也是一個愛中國的日本女性，我很想把這事實公諸記者，但李先生勸我不要這樣做，他說今日聚在這兒的人，都認為「李香蘭」乃是上海文化界裡面的大紅星，他們認為「李香蘭」是北京孕育出來的明星，所以他們欣喜的聚在這裡。我很明白李先生的心情……。

北京飯店的記者招待會中，大家都問我上海的近況與及有關拍電影的情形，在快要結束時，有一個青年記者向我提出了問題，他說李香蘭小姐，你拍錄《支那之夜》這類辱華電影，作為中國人，你有什麼值得自豪的呢？我當時欲言無語，真想說出我是日本人。我應該說些什麼呢？過了數秒鐘，很自然地出自我嘴裡的是「我錯了，真對不起」這幾句話。「我因為年少不懂事，下不再犯。」說完之後，大家都拍起手來；我含淚離席，這事我想起來，永世難忘。

《支那之夜》在日本亦同樣哄動一時，「李香蘭」的名字在日本從此不脛而走；但在中國，雖然起了哄，卻帶來許

●之後曾改名《上海之夜》上映的《支那之夜》

多指責。在這部電影中，我扮演一個中國少女，跟長谷川一夫相戀，電影裡，我雖被長谷川摑耳光，還深愛着他。這境遇也是只有日本女性才有，中國女性很少有被戀人毆打後還深愛對方的。我決心不再拍電影，於是到上海拍告別作《香妃》。這電影的導演和工作人員與《萬世流芳》是原班人馬，在撰寫劇本階段時，日本被打敗了。那時電影界人士，多逃到香港去，我跟陳雲裳女士在香港見過面，現在她已成為醫生太太，過着幸福的日子。

歷盡滄桑始得回國

我因為收聽收音機，知道八月十日，日本將會因戰敗而宣告投降。在上海的日本人都如此想，只有日軍還不曾知道。敗戰前三日，我接到報導部命令我要去慰問軍部，我就在茫然無所知的兵士面前唱着歌。

「日本降伏詔敕」宣佈了後，我乘着黃包車巡迴上海街頭。友人警告我街外危險，少出門，但我個人感到激動。日本旗被扯了下來，「青天白日」旗幟飄揚着，我流着眼淚，獨自說着「這真好，這真好」。

終戰之後，過了一個月，即九月二十日，我們跟「華影」有關係的人，被收禁於虹口的一處地方，過着被監視的生活。那時街中張貼着「認為李香蘭是中國人，可以證明其為間諜者，請快到司令部」的佈告。被收禁約數月後，我被裁定有罪，法庭要我就戰時中的行動（指參與《支那之夜》演出）公開謝罪；那樣做了後，我被釋放。我是日本人，沒有幹過間諜行為，他們都調查得很清楚。

昭和廿一（一九四六年）年三月一日，我從上海出發回國。上船前接受檢查之時，一個中國女警官認出了我，於是我又一次的被抓了回去。那時候，中國報上激烈攻擊三個文化漢奸「川島芳子、東京

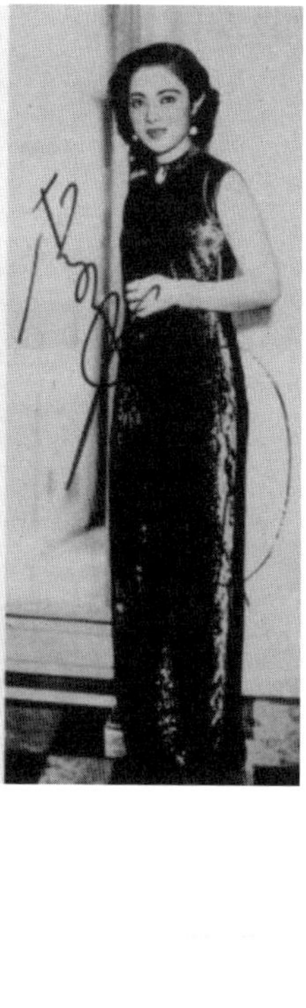

● 李香蘭的自傳

玫瑰（日本電台女播音員）、李香蘭」，我很有被中國民眾處死的危險。二度被捕後，為我奔走鑽營的是川喜多長政先生，他真是我的救命恩人。

後來經過許多次的奔走，我才能再回到日本去。那時上海正是黃昏之際，船中的收音機響起了我的歌曲《夜來香》。我默默地啜泣，螺旋槳的旋轉聲音，不久就響起來了。

廿五年後的今天，我還想再回中國去。我那出生的地方、路邊、公園、讀書的地方……中國對我來說，是我的第一故鄉呀！日本不外是第二故鄉而已。

後記：李香蘭的自傳，我所引介的，也只到此為止；本來，如果能補說一點李香蘭回國定居後的情況，那就更好，可惜一來礙於篇幅，二則手頭所存這一段日子的資料並不很足夠；不過現在已着手搜集，托了日本友人去找；他日倘有機會，而時間又有閒暇，一定再補寫這一段以娛讀者。

再記：當時的想法，後來並無實現，因為其後業已游離文學旅程，移往通俗之旅了。（二〇二三年年六月八日散記）

喀什噶爾遊記

陳舜臣原作，沈西城譯

日本著名小說家陳舜臣，今年七月獲得中國政府的批准，遊覽中國最西陲喀什噶爾地區，陳氏偕其夫人公子，在喀什噶爾前後逗留了五日，以下是他所寫有關喀什噶爾近況與風土人情的日記，茲引譯以饗讀者。

我們有如走進歷史中去

七月二十三日　星期六

只能乘載二十四位搭客的小型飛機，飛離烏魯木齊機場後，途經哥魯拉、枯齊、雅斯各站停歇，到下午四時，才抵達喀什噶爾飛機場，航程全長約一千三百公里。

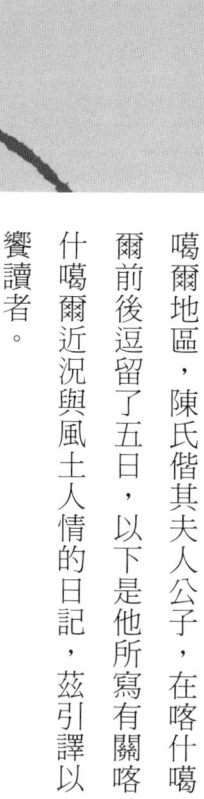

小型飛機礙於高度關係，不能飛越天山，所以便作了很大的迂迴飛行，在喀什噶爾機場裡，該地革命委員會外事處的劉祥先生，婦聯主任亞薩姆歷都前來歡迎我們，北京時間四時，從當地的實際時間看，只不過是二時，我們大概是破壞了這些前來歡迎我們的人寶貴的午休時間了吧！真真過意不去。

喀什噶爾是寫作喀什噶爾的（注：陳舜臣在日記開始時一直用假名來稱呼「喀什噶爾」，並沒有寫出漢字的寫法，因而有這句的解釋。翻譯時，為了方便讀者起見，譯者不把假名音譯，直用正確的漢字寫法。），不過現在，只有前邊的兩個字「喀什」用做正式的地名。這是中國最西邊的地區。喀什市的人口聽說約有二十萬，而喀什區的總人口則有二百餘萬，從飛機場到市區，十分近便。

自大正二年（一九一三），大谷探險隊的吉川一郎到此探險之後，六十四年來，再沒有日本人涉足過喀什噶爾，所以一到這裡，使我有着一種說不出而又強烈的感覺。

喀什地區寬闊，散佈着許多間平房。我們下榻於喀什賓館，房間很舒適，不只地上鋪有絨毯，連牆壁上也掛着，稍稍休息了一會，在一間像是會議室的房裡，劉先生向我們介紹了有關喀什噶爾概況。這之後，便到外面去參觀，喀什噶爾是一個多樹木的城市，馬路也很寬闊，只是被沙漠所包圍，因而難免會有塵埃滿地的印象。

跟貨車、巴士、吉普車等夾雜在一起，馬路上驢子依然佔有相當的勢力。喀什噶爾地區，有百分之九十的人口是維吾爾族人。不過，這裡的民族，實際上卻從栗髮綠眼高鼻，到幾乎跟漢族毫無分別各式各樣的人都有。我想起白鳥庫吉說過，喀什噶爾人是亞里亞種，土耳其種與西藏種這三族的混合。記述喀什噶爾事蹟的人大概都會把這裡形容為「人種博覽會」，事實上也真的是這樣。

晚上在歡迎我們的宴會上，地區革命委員會副主任洛可莫夫也有出席，菜式當然少不了羊肉「斯斯加柏勃」（注：成吉思汗鍋之一種）飯後便坐在庭院的椅上閒聊。從閒聊中，知道了這裡原本是蘇聯總領事館，我們是睡在從前總領事的臥室裡。在封建的俄羅斯時代，在這總領事館裡面，常駐有六十個哥薩克騎兵。俄羅斯在此設立領事館是在一八八〇年，在這之前，聽說是使全新疆陷於恐怖底下的大造反王爺枯浦・貝枯，也曾在這裡駐紮。因此使我們有走了進歷史中去的感覺。

用手吃羊肉

七月二十四日　星期日

早上七點鐘便醒了。雖然到新疆已是第五日，依然未能改掉對北京時間的觀念。在這裡，只不過早上五點鐘左右。早飯前，在賓館的周圍散步。走進小巷子，從民居的後門，可望見內部。主婦們正在準備早飯。想起少年時代回台灣省親在小巷子裡散步，就跟那時所見的情景十分的相似。人類的生活中，是有着超越地域，民族與宗教的共通東西的。

九點鐘吃過早飯，便參觀「民族中醫院」。我真是愚昧無知，竟以為中醫者指的便是漢人醫生。住在中國的少數民族，如蒙族、藏族與維吾爾族全都是了不起的中國人。蒙古語、西藏語、維吾爾語也全都是中國語。那麼同樣地，蒙古的傳統醫術，以及西藏與維吾爾的，當然也同是「中醫」了。

喀什噶爾的居民大部分是維吾爾族，這裡的「民族醫院」是採用以維吾爾醫術為中心，輔以西洋醫術的治療方法。維吾爾族是回教徒，他們的醫術大概是吸收了阿拉伯醫學的流派吧！從十世紀到十一世紀，阿拉伯醫學出現了伊凡．史拿等的天才，達到了當時世界最高的水平。

解放前，維吾爾族的傳統醫學瀕臨滅亡的危機，幸好有優斯夫．哈支為這醫術的保存與繼承作出努力。這間醫院也是解放後，主要靠優斯夫．哈支的努力，才創立的。現在共有病床一百張，職員七十三人，共有六十八人是維吾爾族的醫生與護士。

這間醫院最善於醫治出現於皮膚上的白斑點所謂「白癜風病」，現在住院的病者幾乎都是患有這種病，這醫院已呈現出專科醫院的風貌了。據說，不單只是新疆，也有從北京與上海等地來接受治療的病人。我們看到在小電爐上煎藥，覺得很像中藥，同時也使我們聯想到阿拉伯的煉金術。無論怎樣，這使我們有了即使西洋醫學與中醫都治不好的病，維吾爾民族醫學卻會把它治好的想法。

接着我們去參觀帕哈太克力人民公社。這公社有七個生產大隊，人口有九千八百人。據說耕地跟解放前比較增加了一倍，產量也高了四倍。這個人民公社之所以有名，乃是由於一九五八年公社裡有一位名叫多魯仙．馬庫馬地的社員向毛澤東主席寄了一封感謝信，獲得了毛氏親筆回信的緣故。這封信成為了公社的寶物，接待室中也有這信放大的照片。

新疆南部水田很多。我們看過水田與甜瓜田，去參觀公社的會議室時，受到公社宣傳隊青年男女的歌舞歡迎。維吾爾族是天生的歌舞能手。樂隊奏出了充滿富有鄉土情調的樂曲。男女雖然按照拍子起舞，卻是各有各的舞姿。跳着舞的年輕姑娘，跳到我的面前來，用手輕輕地放在我胸上，向我行禮。這是請我跳舞的表示，據說假如拒絕，對她是一種極大的侮辱。沒有辦法，只好出去，吧嗒吧嗒手移腳動，待敷衍過去，不知不覺卻跳出了阿波舞（注：日本德島縣的一種舞蹈）來，而且還博得滿堂喝采。

午間在寫信給毛主席的多魯仙先生家裡吃飯。菜式有斯斯加柏勃，也有炆羊肉。我們大家圍着坐，用手抓來吃。一種叫做「朗」的大麵包，是由各個家庭分別做的，聽說味道各不相同。飯後，多魯仙講起寫信給毛主席的事。解放前，這裡差不多全是過着像農奴一樣的生活。多魯仙由於有着反抗精神，受到地主的憎恨，因此被抓了起來，連左腕的筋也被切斷了，至今還可看到明顯的傷痕。他的兩個姊姊，也是受到地主的虐待而死的。

多魯仙說「那是比驢子更慘的生活」。即使耕了田，收穫的東西也不會入到自己的口，種了棉花，也不會穿在自己的身上。隨着解放，好不容易才能過着像人的生活，人民公社成立之後，甚至可以建新屋了。他於是便寫信給毛主席表達這不能壓抑的感激之情。

我是通過通譯聽着只能說維吾爾語的多魯仙的說話，但是已深受感動而禁不住眼淚欷欷而落，在那裡我們又獲贈土產大甜瓜。

午後，在人民公園休憩。可能是因為禮拜天吧，遊人很多。纏着紅衛兵腕章的維吾爾族少女，坐在長椅上讀着書的情景，令人覺得可笑。之後，又去看有名的香妃墓。

香妃是維吾爾族的王妃。清帝乾隆在率兵平定回疆的暴亂發現了香妃，便把她帶往北京。有關香妃，有着各種傳說。有說香妃是由乾隆的母后賜死的，因她曾經正式成為貴妃，逝世後，被葬於北京郊外陵園。在這裡又流傳一說法，香妃進入北京後宮時，曾經提出三個條件。（一）不能改變民族習慣。（二）要召其兄到北京。（三）死後歸葬故鄉。正是由於這第三項條件，香妃死後，靈柩便由北京用轎抬着，花了三年時間運回喀什噶爾。

雖然是因香妃墓而有名氣，這回教廟卻是作為她祖父亞柏坷齊的墓而建立的。我們進內參觀，壇上排列着一大排香妃一家五代七十二人的棺木。香妃的棺木雖然用茶色布蓋着，卻是意外地細小。大概香妃是一個身材纖小的女性吧！棺木也不是放在中央，而是放置在近角落的地方。

香妃墓的旁邊，有回教寺院，和念經室等。香妃墓在一九四四年有一部分倒塌下來，解放後，曾經過一九五六年與七二年兩趟修葺。

近代工廠

七月二十五日　星期一

今日，參觀了近代化工廠與傳統的工場。喀什噶爾棉紡工廠，跟這以前在北京與其他大都市所參觀的近代工廠幾乎沒有分別。附屬醫院與托兒所等也是一樣。假如要說有不同的地方，大概是員工中多維吾爾族人與托兒所中有着兩眼滴溜滴溜轉動的維吾爾族嬰孩吧！

我們到托兒所參觀，即使是一兩歲的小孩子，漢族的孩子，總會緊張，但是維吾爾的孩子，卻會微笑着，而且還會搖搖晃晃的走着，我的妻子抱起小孩子，漢族的孩子便會露出看起來哭泣的神情，維吾爾的孩子，卻是十分容易親近的。從這樣年輕的年紀，民族性便流露了出來。

午間開始，參觀民族手工業廠。這裡全都是用手工製造，各民族的帽子，衣服，全用手縫製，對面的工場，是製造「單波羅」、「多達魯」、「哈積伊基」、「拉華勃」與鼓等民族樂器（按：括弧之內皆音譯，為維吾爾族的樂器名稱）。

——尊重少數民族的風俗習慣。

這句毛澤東的指示，像是這工場的精神底支柱。由於人民生活提高，以民族樂器為例，需要劇增，因而無論怎樂趕製，都是供不應求。

喀什噶爾的陶器也是十分有趣的。窰是在郊外，沒辦法去參觀，我們卻看到了製成品，像是用弱火燒的，予人有一種三彩陶的感覺。水瓶的外型依舊是伊斯蘭的式樣。

出了工場，在附近的「東方紅百貨公司」買東西。出了百貨公司就看見艾地加路（音譯）寺院。這裡在天山南路，也是最大的回教寺院。雖然是星期一（回教的禮拜日是星期五），有許多老人仍朝着寺院的基拉勃（音譯，指示麥加聖地方向的東西）跪拜。

回教寺院的住持叫做阿渾。住持大的寺，則叫做大阿渾，大阿渾叫謨罕默德·哈支大師，今年雖然已屆八十一高齡，柱着鐵杖，神氣得很。哈支者，是只給以曾往麥加朝聖者的稱號。問他什麼時候去過參加，大阿渾回答說，「是我十五歲時，跟父親去的。」這是清朝末期，很久很久的舊事情了。

晚上，在喀什電影院欣賞喀什噶爾歌舞團的演出。洛可莫夫副主任也在一起，他細聲地說：「歌舞嘛，我們要比烏魯木齊的好呀！」他有着無比的驕傲。

輸往日本的生絲

七月二十六日　星期二

早上，往參觀生絲工場。輸往日本的生絲有一部分也是在這裡製造的。這裡雖然是絲綢之路的要衝，絲綢之路不單只是運輸的，很久以前，已經有生絲的生產。

生絲工場之後，又往參觀地毯廠。天津絨毯是以機械化生產的，這裡卻全用手織。除了維吾爾族，其他哥薩庫族，吉爾吉斯族的女性也在這裡工作。天津絨毯以鶴與桃等的寫實圖案較多，這裡因為有着回教偶像否定傳統，大都是在幾何花紋上配上蔓草花紋，所以就沒有像天津的那樣厚了。

我們希望參觀學校，但是這裡的學校從七月二十日起，都是放暑假，所以現在沒有上課。不過還有部分小組活動，因此便去訪問賓館附近的喀什市一中。

●日本著名小説家陳舜臣

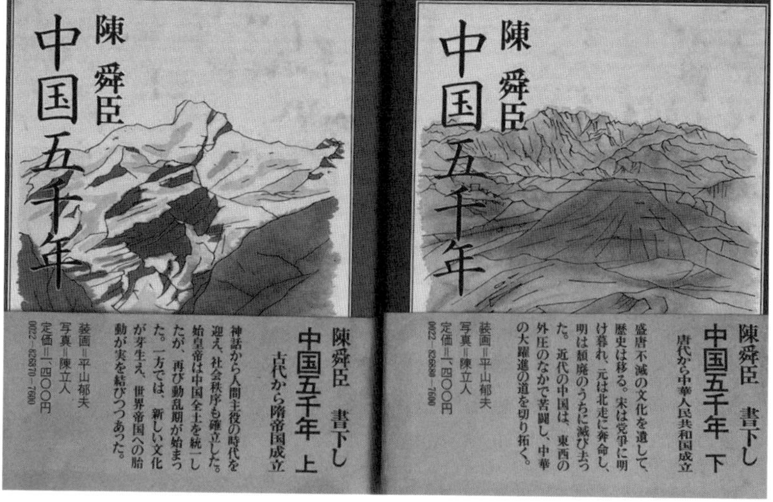

●陳舜臣有關中國的著作

喀什一中是多民族學校。學生中，聽說維吾爾族有一千一百八十人，漢族有六百七十八人，其他民族則有十四人。雖說是多民族學校，只分成維吾爾班與漢族班，用各自的民族語授課。維吾爾族班一週有四堂漢語課，漢族班同樣一週也有四堂維吾爾語課。小組活動，有英文班、科學班與籃球班等。科學班是研究地震預測的。

學校的庭院裡學生正在舉行民兵訓練。雖然接近蘇聯國境，喀什一中的民兵訓練，不過使人感到小小的緊張而已。

七月二十七日　星期三

北京時間早上六點過後，即本地時間四點剛過，從賓館坐吉普車望荷單（音譯，地方名）出發，車越過達拉馬肯沙漠馳去。

——再見，喀什噶爾。

譯於七七年十月六日午

我所認識的郁達夫

增田涉作，沈西城譯

我註一最初碰見郁達夫，是昭和六年（一九三一年）在魯迅的家裡。郁達夫來訪魯迅，大概便先後見過兩趟。我記得當時，郁達夫已脫離了創造社，正跟魯迅一塊兒在為《大眾文藝》奔走，於是魯、郁兩人往來稍比以前接近。那時，我跟郁達夫還不過是見面打招呼的朋友，彼此並沒有多大話說。郁達夫給我的印象是常常帶着羞怯的微笑，身裁瘦削，顯得一派弱不禁風的樣子。郁達夫說話的口氣與舉止，都很溫婉，很有舊時才子的氣派。

那時候大概是秋天，日本詩人柳原白蓮來到了中國，很想見見中國的文學作家，於是上海內山書店老闆內山完造便在飯店設筵招待，介紹魯迅與郁達夫跟柳原相識。柳原是女詩人，因此內山又特別邀了兩位住在上海的日本女性作陪客，兩位日本女性便是「阿拉拉芸」[註二]派的詩人：山本初枝，與信奉基督教、愛好文學的寡婦齋藤女士。她們兩位我都是認識的。（筆者按：增田涉所提起有關內山完造設筵之事，《魯迅日記》一九三二年六月文中，曾有記述云——「六月二日晴。晨覆小峰信，上午達夫來，同廣平携海嬰往平井博士寓診。晚內山君招飲於功德林，同席宮崎、柳原、山本、齋藤、加藤、增田、達夫、內山及其夫人。」可見柳原是在盛夏時抵上海，非如增田所說的「是在秋天」也。）我跟魯迅從內山書店出來，一塊兒坐汽車到飯店去，郁達夫坐在司機隔壁，很輕鬆的笑着，並不時講笑話的情形，迄今仍留在我的心中。

同席的山本初枝，以前便跟郁達夫相識，她藏有郁達夫為她題詩的日本詩箋，這詩箋，後來落到我手上，現在還保存着[註三]。詩箋上寫着——「隱隱江城玉漏催　勸君且盡掌中杯　高樓明月笙歌夜　知是人生第幾回　郁達夫」。山本女士在早幾年前便亡故了。好像是山本女士說的，這首詩像是芥川龍之介到上海來時，在歡迎的宴會席上郁所題的，不過現在我的印象已很模糊，實在沒辦法記憶清楚了。我所記得的只是山本女士那時得到芥川的介紹，認識了土屋文明，然後加入「阿拉拉芸」這件事而已。山本女士跟魯迅很相熟。另外，齋藤，也是很熟悉魯迅的人。齋藤是魯迅避難時，曾經居住過的「花園莊」的日本老闆太太的姊妹，她那時在「花園莊」幫忙。

這樣過了幾年（昭和十一年；即一九三六年），郁達夫到日本來了。那時正值改造社想要出版《大魯迅全集》，當召開出版會議時，郁達夫也有到來參加（郁達夫大概是受到山本社長的邀請才來參加的[註四]）。郁達夫偕同改造社的編輯鈴木一意君一齊到當時住在市川的郭沫若家裡，去把郭沫若請來改造社（鈴木君以前便常到郭沫若的家裡去的）。於是長久不和的郁達夫與郭沫若，從那時起，便在日本再度恢復友誼，有關這件事，郭沫若在自傳體的小說中也曾提起過[註五]。

編輯會議完畢之後，改造社在赤坂的飯店設宴款待，郁、郭兩君也有參加。我因為參加了《大魯迅全集》的編輯工作，所以也有出席。在席上，大家提到了當時得令的林語堂，我記得郁達夫曾說過：「林語堂並不很了解中國的事。」宴會散後，郁、郭兩君便到佐藤春夫（佐藤那時也出席了宴會）的家裡去。

我所記得的事情，大抵僅止乎於此，我跟郁達夫並沒有甚麼特殊的來往。只不過，在宴會上，我曾經請求郁達夫為「中國文學研究會」演講，同時我又邀請他出席歡迎會（我想他先前也曾被竹內好君邀請過的），一直到散席大家都在穿着鞋子時，我還在囉囉嗦嗦的（我想我是有點醉了）。對郁達夫說：「請不要記錯呀！」

演講會預定在本鄉的佛教會舉行，聽眾都來了，卻是警察不准許郁達夫演講，於是只好告吹。不過為了到會的人，不得已，竹內好便代替郁達夫，臨時講了一些有關中國文學的話。

至於歡迎會，郭沫若也跟郁達夫一起出席了。那時到底說了些甚麼話，我已經記不清楚，卻還記得是一直不停地喝酒，氣氛非常愉快的歡迎會。那時候的照片，現在仍舊保留着，刊在去年（指一九七一年）復刻的《中國文學月報》增刊裡[註六]。

達夫的日語造詣很好。《大魯迅全集》的宣傳小冊子中刊有郁氏所寫的推薦文章。文章用平假名交雜漢字寫成，令我覺得頗為驚異。即使是能夠運用日本文來寫文章的中國人，例如魯迅吧，所寫的日本文都是片假名交雜漢字的，用平假名來寫文章，假如不是在日本生活過一段時期，而又熟習日本語的人，是無法辦得到的。

昭和四十一年（一九六六年），承中國科學院（院長郭沫若）邀請，我們（學術代表團，成員九人）一行人到中國去訪問。某晚，中國方面在人民大會堂設宴歡迎我們，我便乘機向郭氏（我跟郭氏已有三十年左右沒見過面）詢問有關郁達夫最後的經過。那時，我的學生鈴木正夫君正開始調查郁氏最後的遭遇，我為了他，能夠打聽出多少資料，總也是好的。郭沫若的回答說「並不知情」。當我見毫無所得，更進一步的死纏不休地追問時，郭氏便堆起一派鄭重的神色說「貴國的憲兵——」，我聽得這樣說，便再也不能問下去了。

一九七六年八月二十日譯訖

增田涉補記——昭和十一年（一九三六）三月二十五日，郭沫若寫了一封信給鈴木一意君。信封的後背寫着——「市川市須和田二七二八　郭沫若」。信封面上則寫着——「東京市芝區新橋七一一二　改造社　鈴木一意樣」。這封信現正保存在我手中。信封的左端寫着「原稿在中」四個字，而另一端則押着「種別檢查濟，市川局」的郵印。這封信看來是經過檢查的。信裡面有着沙汀寫的〈在祠堂裡〉與〈獸道〉的兩篇小說（是在雜誌上發表後剪下來的），至於信，則由鈴木君取去，只有小說轉到我手上來，至今仍原封不動地留在自己的手邊。這小說是發表在中國雜誌上的，記憶中不曾被譯載在《改造》與《文藝》上。

註釋

註一：增田涉，中國文學研究家，明治三十六年（一九〇三）十月十二日生於島根。東京大學文學部卒業。一九三一年到上海，從魯迅聽講《中國小說史略》，並將之譯成日文。此文是增田涉為向他提出詢問的游千沙君所寫的回信中的一部分。

註二：「阿拉拉芸」是大正時期的一個詩社。此詩社由島木赤彥、齋藤茂吉所發起，並於明治四十一年（一九〇〇）發刊《阿拉拉芸》雜誌。

註三：詩箋作長方形，詩分三行寫成，末署郁達夫二字。

註四：有關郭沫若出席宴會之事，實出於山本實彥（改造社社長）的主意。此事經過詳誌高杉一郎所寫的〈郁達夫與郭沫若〉（《朝日新聞》昭和三十年（一九五五）十一月十一日）一文。

註五：指郭沫若的小說《廣陵散》而言。

註六：復刻《中國文學月報》，於一九七一年三月，由汲古書院出版。

後記：增田涉的這篇回憶文章，原是收錄在《郁達夫資料補篇》下卷裡頭的。原書由東京大學東洋文化研究所附屬東洋學文獻中心出版，距今已有二年餘。一九七四年，承文獻中心刊行委員會委員會長窪德忠先生賜寄一部，翻閱一過，即着手翻譯。同類文章，原書共收十一通。七四年秋，乘與譯出十通，僅餘增田涉君所記，拖延經年迄未動筆。今值編者先生索稿，茲特譯出覆命，而兩年宿願，亦蒙一併得酬也。

郁達夫的〈鹽原十日記〉

前言

《郁達夫資料補篇》下冊是日本東京大學東洋文化研究所附屬東洋學文獻中心一九七四年七月所發行的一冊研究專書，和七三年三月所出的《郁達夫資料補篇》上冊與六九年十月所出的《郁達夫資料》合為一集，編者伊藤虎丸、稻葉昭二與鈴木正夫，都是日本的「郁達夫專家」，對郁氏著作，有着精密的統計與研究。我在日本讀書的時候，第一冊的《郁達夫資料》經已出版，當時我很沉迷於郁氏的著作，很想知道日本人對他的看法，便寫信給東洋學文獻中心的刊行委員會委員長窪德忠先生，希望他賜寄一冊，因為這是非賣品，有錢也沒有交易的。信去後，過了兩個禮拜，有回信來了——「大函奉悉，尊駕熱愛敝中心刊物，殊深感激，唯《郁達夫資料》一書經已送罄，欲寄無從，甚以為歉。」無已，只好暫時息掉這個念頭。

七四年回港，友人自日函告：《郁達夫資料補篇》上冊與下冊，皆已出版，可以再寫信去索閱了。我哪敢怠慢，即刻去函窪德忠氏，慎重拜託，渴望先睹為快，也許有了上回索書不果的記錄，補篇上、下冊不到一個月便寄到了。

書的確是好書，有幾幅圖片，最要緊的是資料詳盡，其中有關郁氏履歷、著作等記述，旁徵博引，做得比我們中國人還詳細。日本人治學精密，揆諸這兩冊資料，足證斯言之不謬。我大約花了一個禮拜工夫，才斷續把它看完，讀後，有點小小的遺憾，那便是未能看到《郁達夫資料》的正集。原來，有許多重要資料，都載在正集裡面，補篇兩冊做的是名副其實的補遺，倘若沒有正集，有關郁達夫許多生平原委，就無脉絡可尋了；但是正集已經送完了，而且聽說中心方面亦因經費問題不擬重印發行，那麼我的希望簡直要變成絕望了！

正在我徬徨的時候，友人黃俊東兄忽以正集見示。俊東兄是愛書的人，這本正集，便是在六九年開始面世時，從香港寫信去要回來的。正集所載資料的完備，令人驚喜，除掉圖片以外，內容包括（一）著作一覽（附所收作品名）；（二）作品揭載及雜誌目錄（附歿後出版著作目錄）；（三）參攷文獻及其他有關資料目錄；（四）年譜。此外，還另附有兩篇文章，一曰〈郁達夫的流亡與失蹤〉，二曰〈留日時代的作品〉。

〈鹽原十日記〉即收錄在「留日時代的作品」一欄中，是少數郁達夫用日文所寫成的著作，事隔五十餘年，似乎還沒有人把它翻譯過，不揣淺陋，加以意譯，以供愛好郁達夫文章的讀者欣賞。

〈鹽原十日記〉譯者註

〈鹽原十日記〉是郁達夫留學日本時期的遊記，作於一九二一年八月，郁氏時年才二十六歲。拙著《梅櫻集》〈郁達夫早年的生活〉中有着如下的一段記載：「一九二一年（民國十年）二十六歲……八月十一日起至同月二十日止，達夫往遊栃木縣鹽原溫泉，著〈鹽原十日記〉。其後〈鹽原十日記〉發表於《雅聲》三、四、五集。日記用中日文夾雜寫成，風格很是獨特。」其時郁達夫和日本詩人服部擔風等人過從甚密，郁氏有詩記其事云：

行盡西郊更向東，雲山遙望合還通，
過橋知入詞人里，到處村童說擔風。

又有「病後訪擔風先生有贈」，其詩已在前文鑄版刊出，末附服部註云：「氣韻悲涼，乃元遺山家法，作者齡僅過弱冠，而才力識見，遠出於時流，詩筆老成如此，誰不驚異！」對郁達夫的詩才，可謂推崇備至。

郁達夫所作的〈鹽原十日記〉，用日文寫成的部分，很能表現出他在日文方面的造詣，我常聽人說魯迅的日文好，後來看到魯迅用日文寫的文章，總覺得不如中文寫的自然，反而郁達夫的日文，寫得很有古風，頗能媲美明治時代的前輩們，這是我意料不到的。

鹽原十日記（一）

初夏猶清和，人們何故要到山中海上去？那莫名其妙的初夏也已過去，陰黯灰淡的日子連續了好幾天。即使進入立秋，由於梅子黃時之雨長下不停，竟無一天炎熱。若然這樣，那就沒有必要去避暑了，正自獨自歡喜，立秋後的三日，突然九十三度的高氣溫襲了過來。

叢竹幽蘭葉盡焦，秋來轉覺暑難消，
賣冰簾下紅裙影，映得斜陽似火燒。

格外誇張秋來暑熱，無非是對自然作不平鳴而已。古來詩人在消夏雜詠與消暑等詩詞中，大抵都沒有直接詠天氣之暑熱，卻反過來如斯裝模作樣，是以即在盛暑中令人覺得更熱。對此虛偽態度，我仍像孩子似地，有着反抗的心情。

終覺得都市中炎熱難當，起了要逃往鹽原的念頭，是在八月十日。次日十一日午後，鑽過聒耳蟬聲，果真來到了山陰道上了嗎？一邊神往於郊野風光，一邊乘汽車登上了鹽谷高原。

綠樹參差墜影長，野田初放稻花香，
何人解得山居樂，六月清齋午夢涼。

我口中唸着這首詩，三五日前，我曾痛恨過詩人的矯飾，不意我自己也蹈襲及此，一念之餘，不禁失笑。

鹽溪之勝，據傳奧蘭田曾介紹過，孤陋寡聞如我，自然不曾親炙過奧蘭田的著述，無意中卻聽得同行的老人詳細訴說了鹽溪的由來。百聞不如一見，如今正在鹽溪道上，聽得鹽溪的說明，自然是了解鹽溪的大好機會。我為那老人的敘述所吸引，竟忘了向溪山的風景一一致敬，是以即對山靈水秀也失敬矣。

夕陽西下，高山之影照射及谷底時，迂迴而上的汽車，到了福渡溫泉的泉屋。華堂綺帳三千戶，大道青樓十二重的這家旅館，以貧賤驕人，想來當無容我這樣的窮措大的雅量。我再驅車往山奧馳去。我跟那「掌故羅胸」的老人，在泉屋大門分手，順帶一提，「文章華國，貧賤驕人。」乃是我和吾兄曼陀所合作，五年前正月，貼於門扉的兩句「春聯」。

行行重行行，安心下榻之處，乃是古鎮一間非常古老，卻輪廓分明，叫做中會津屋的旅館。這旅館面前，靠着一條可喻為長安古道的會津街道，後面有一座題作永樂的小花園，緊接着小而高的山嶺。山的名字雖然不知道，我任意替它取了個花園山的名字。換了和服，稍事休憩後，便被引往浴場。這間旅館的溫泉玲瓏透徹，觸膚格外舒服。閉目，浸入微溫透明的泉水，不禁想起了白樂天的長恨歌。……溫泉水滑洗凝脂……真好！風光如畫，正道出了此種詩句也。……侍兒扶起嬌無力，始是新承恩澤時……想到這幾句時，我不得不佩服唐朝的新聞檢查官寬宏大量。如果是今日的日本，恐怕要遇上打「○○」符號，或者是禁止售賣的命運了吧？就只是「芙蓉帳暖度春宵」這一句，就足以構成敗壞風俗罪名，何況還有那些白晝宣淫的活生生的描寫呢！正在異想天開、胡思亂想之時，忽然聽得有人招呼：「你好」，軟軟綿綿的腳步聲自遠而近。張開眼一看，誠如孫子瀟的詩句：

鸚鵡當窗不敢呼，玉鈎響處捲簾無？

風前冉冉輕雲影，一幅楊妃出浴圖。

交談三數語後，那女人便和我同時從泉水中站起。於是我又聯想天真閣消夏詞的另一首來：

細喘嬌吁出浴初，雲鬢依舊似新梳，
香融粉汗羅巾拭，越顯肌膚雪不如。

黃昏來臨，周圍的山影逼人而來，望之生寒。我在日記上記下了三首詩，不覺已經入夜了：

去年閨裡拜黃姑，今夕山中伴野鼯，
牛女有情應憶我，秋來瘦盡沈郎軀。
碧落蒼茫望若何，漫將恩怨訴星河，
與君緣是前生定，惜別情應此夜多。
且對紅塵思浩劫，須知滄海起微波，
高樓莫憶年時夢，好事如花總有磨。

這是贈給閨中兒女的詩。以下日記即照此寫下去，以漢文撰寫者有之，用日文任意寫的亦有之也。（以上載在《雅聲》第三集）

十二日晴。夜涼人夢秋，予友某氏句也。睡重衾中，正作此想，忽聞檐外，雀聲喧如雨下，乃起床。梳洗畢，旅舍主人以筆墨紙來乞書，笑卻之，主人以為國人皆善書，殊不知予乃長於此邦者，言書固與主人無異。主人乞不已，勉書一絕以應之。

豆棚瓜架許子村，溪聲山色謝公墩，
客中無限瀟湘意，半化煙痕半水痕。

第三句本欲改作客中無限思歸意，因已書就，故將錯就錯，亦不更為之改。主人問詩意若何？予笑而不答。忽憶及史悟岡《西青散記》中所引湯某語，不覺囅然。湯某曰：人生須有兩副痛淚，一副哭文章不遇識者，一副哭從來淪落不遇佳人。

午後踏山路赴新湯。新湯與湯本為鹽原最高處，人煙隔絕，固一仙境也。所可惜者，道路崎嶇，非腳健者不能往。東坡曰：二客不能從也，此處亦然。到新湯日巳西仄，山風自綠樹中吹來，涼爽可人。浴於君島旅館，又取酒食食之，山民之多食，予至此方解其意。

在君島屋浴後，即越富士山頂而赴大沼，路更險峻難行。至大沼口，見有懸掛七色紙條之竹竿若干橫棄水邊，紙條上有天河七夕等字，知村童前夜來棄竹竿於此，蓋舊曆之七夕也。按唐時舊俗，七月七日，文人每立竹竿於門前，懸詩詞其上，以示才藻，女子則倚高樓，陳七綵，於暗中穿鍼，謂之乞巧，實鬬巧耳。聞此習我國不行已久，不意於日本尚得見之，賦詩一絕，以紀其事。大沼在富士山峰下，相傳為昔時噴火口，一池清水，淨寂不放，前黑山與富士山倒影其中，令人作世外之想。在大沼傍少息後，仍返原處，據高崗而望西北，頗有白雲親舍之思，時日已斜矣。成詩一首。

十五日晴。午前遊妙雲寺，寺係奉妙雲尼由京都搬來之釋迦佛者，金身釋迦佛一尊，來自中國，平家亡後，小松內府重盛之姊母妙雲尼與筑後守貞能，負此像潛逃至此。妙雲尼歿後，貞能為立院，名以尼名。禪尼墓今尚在寺後山中，境內多碑文，松平康國撰之鹽溪名勝碑，係記奧蘭田之功德者，碑文不能記矣。

寺內多花草，寺後臨山，有飛瀑數尺，滴水滄浪，環繞庭中，水中遊鱗，一一可數。殿中陳列名人手蹟，供人觀賞。予於各種書畫中，僅取光明皇后天平十二年五月一日願經一道，末有楊守敬題跋，楊以此經為漢人書。（以上為郁氏撰中文原文）

十六日晴，初感噐噐抑悶，溫泉妙味實在於此抑悶之感也。午前閱小說一冊，乃古魯特・漢姆滋之《大地之生長》。午後浴朗晴日光，赴鹽浴，此乃舒暢、愉快之溫泉。浸浴稍久，有年輕女子多人入浴，據云此處泉水於婦人病有奇効，遂成詩。雖微近輕薄，然所詠固盡屬事實耳。

十七日，微雨，午後遊源三窟，源三位賴政氏之孫有綱避世處也。洞內多鐘乳石，非匍匐不可行，不知有綱氏在日，此洞亦如此窄狹否？出源三窟，至八幡宮觀大杉，復渡溪而北，拾化石二而歸。

十八日，陰。今日乃舊曆七月十五，午前，天氣不甚正常，予之心情亦異於往時。（以上載在《雅聲》第四集。）

鹽原十日記（三）

盆踊即盂蘭勝會之名，古已有之。也曾聽說栃木與群馬地方盆踊特盛。今日正好是舊曆十五，天下大雨，恐怕會錯過那裡著名的原始而又優美絕倫的盆踊，因而不斷注意天氣的變化。

雲雨幾重往來山懷中，沒有生氣的灰色的蒼穹低低垂落山頂上，這是令人總覺得鬱悶的日子。午後三時許，驟雨突然降下，還伴有電閃雷鳴。是傍晚驟雨，不久便會放晴了吧，正在自己盡可能安慰地解釋着時，夜陰自山奧悄悄掩盡了全鎮。即使上燈時候，微雨猶未歇止，今夜眼看不能成行了。

息了這個念頭，只有喝悶酒，生長在這裡附近的大島君來訪。一進房間，便立即大聲說：「喂，今晚上有盆踊，帶你去開眼界。」

兩人飲着酒，轉眼便到了九點鐘。大島君催促着說：「要去了，現在正是時候呢！」

兩個人走到屋外，雨已停。這是一個微明之夜，連雲隙裡的淡青色天空也可以看得到。往後約走了五六町（譯者註：一町等於一百零九公尺），咚咚咚的鼓聲便從突出在黑暗裡的八幡宮森林那邊響了過來。大島君又喊起來：「開始了！開始了！」

八幡宮在山之半腹，庭院曰逆杉，有二棵被列為鹽原名勝之一的大杉樹。太鼓、銅鑼、明笛與空樽（日本樂器名）皆在此杉樹下響奏。

一進入庭院，便見一群男女圍成一環，以逆杉為中心，隨着太鼓與明笛等主音起舞。男女之環，跟着調子，時窄時大。每值那環擴大收窄，年輕男女那微白的手，便晃露於晴空裡。蓋以為要隨着節拍，舞蹈者便得要一節一節地，高舉兩手互拍。

男女邊跳邊又唱歌，那歌很有原始風味，尾音悠揚，帶着哀傷，我不禁被引得淚下。已涼天氣未寒時，於山中，站在亂舞男女之中，飄泊旅途的旅客，實不得不為這哀音慘澹的鄙歌而流下了眼淚。

我遂變得十分喜歡這盆踊；同時也喜歡那原始的主音，我喜歡天真爛漫的年輕男女那種把甚麼事都渾忘了的樣子，也喜歡悲涼激越的鄙歌的歌聲。我更特別喜歡這樣夜裡微黑森林中的神秘頹廢的氣氛。成詩三首：

秋夜河燈淨業庵，蘭盆佳話古今談，
誰知域外蓬壺島，亦有流風似漢南。

桑間陌上月無痕，人影衣香舞斷魂，
絕似江南風景地，黃昏細雨賽蘭盆。

贈句投瑤事若何，悠悠清唱徹天河，
離人又動飄零感，泣下蕭娘一曲歌。

越二日，我冒雨回東京。（以上載在《雅聲》第五集）

後記：試譯郁達夫氏遺作〈鹽原十日記〉，作為對於一位愛國文學家的悼念。

最新發現的郁達夫資料

今年（一九七七）十月上旬，《明報月刊》編輯部轉來梁國豪先生從大阪府寄來的一封信，折開一看，原來是一通最新發現的郁達夫資料。

我開始研究郁達夫的既往，大約是在一九七二年末，初到東京唸書的時候。那時，我很不滿日本學術界那種「唯魯迅翁是視」的作風，有意走偏路，要選那些不為日本學者所推重的近代中國作家來作系統式的研究，由於小學時期，便一直在唸《迷羊》與《沉淪》，很自然而然的，郁達夫便成為我理想的對象。

若說郁達夫在日本籍籍無聞，那是極之錯誤的，他的成名作《沉淪》與《過去》，老早便有了日譯本，而且據我所知，譯本居然有好幾種，分別由不同的出版社出版。如果說，中國的近代作家，除魯迅外，便是輪到郁達夫在日本備受歡迎，那是一點也沒說錯的。這樣看，研究郁達夫，很有點兒違背上面說過的我的信條，但是，只要在日本讀過一年半載書的人，都會知道，即使郁達夫早已為日本學者所識，有關他的一切，包括生平與作品，數十年間從沒有人做過詳細的研究與探討。直至七十年代開始，才有日本學者伊藤虎丸、稻葉昭二、鈴木正夫搜集有關郁氏資料，排比編次，先後輯成《郁達夫資料》三集，由東京大學東洋文化研究所附屬東洋文獻中心出版，這是到目前為止，研究郁達夫作品生平最完備的工具書。

我在七四年中開始，陸續翻閱這三本書，並於同時，蒐集其中要點，編譯了〈日本人看郁達夫〉與〈郁達夫早年的生活〉，發表於《快報》副刊，去年又把它收錄入拙著《梅櫻集》裡面，以供愛好郁達夫讀者的參攷。嗣後又曾計劃續寫〈郁達夫晚年的生活〉以及〈郁達夫小說中的技巧分析〉，皆因事冗，而未克成卷。梁國豪先生跟我素不相識，我想大概是看到了我過去曾寫過有關郁達夫的文章，所以把這通最新發現的郁達夫資料給寄來了，梁君盛意甚可忻感，因此也就不得不把寄來資料的內容，約略譯寫在後面，以饗郁氏的讀者諸君，同時也有不負梁君之雅意也。

七七年十一月十一日上午。

這篇新發現的郁達夫資料，是小谷一郎先生根據他的調查所得，加以改寫的。原文刊載於東京大學東洋文化研究所《東洋學文獻中心報》（一九七七年四月）。依照小谷氏的敘述，我們知道去年日本研究中國文學的學者，已聯合起來，以「在近代文學裡面的日本與中國」為題，開始對中國近代文學進行了詳細的綜合研究。領導這趟研究運動的是和光大學教授祖父江昭二。祖父江昭二是日本現時最致力於研究近代中國文學的學者，常在《文學》這本雜誌上發表關於近代中國作家的評述以及作品的分析文章。跟一般研究中國近代文學的日本學者，有顯著不同的是，祖父江氏的研究範圍，並不單限於魯迅，從他過去所作出的種種努力中，可以看出他是有意思把日本近代中國文學研究的範圍，推廣至多方面的鑽研。「在近代文學裡面的日本與中國」的工作目的，是重新蒐集整理跟日中近代文學交流有關的資料，在跟日本近代文學的關連中，反過來把中國近代文學的特質浮現出來，加以掌握。這項研究工作，不僅範圍廣衍，而且由於細枝茂盛，實在不易做好。在過去，雖然已有武田泰淳、竹內好諸先生在蒐集整理中國近代文學資料方面，作出過很大的力量，然而掛一漏萬的情形難保不存在，是趟郁達夫最新資料的發現，可說跟小谷一郎鍥而不捨的精神有着不可分割的關係，小谷氏在文章中說——「作為這綜合研究的一環，我跟東京大學文學系助手近藤龍哉一起，承文學部事務職員們的賜助，嘗試去調查一九二〇年及一九三〇年代在東京大學文學部唸書的中國留學生。」

就在這一項的調查中，小谷氏意外發現了「郁達夫在東京大學經濟學部畢業後，又再進入文學部言語學科的資料」。

小谷一郎接着便把這件事的真相，逐一敘述如下（注：為方便閱讀起見，筆者只譯出原文的大意）。

郁達夫在東京大學經濟學部讀書，老早已廣為人知。舉例說，在《郁達夫資料》一書中（伊藤虎丸，稻葉昭二，鈴木正夫編東洋學文獻中心叢書第五輯　第十八輯第二十二輯），就曾依照當時公報，把郁達夫進經濟學部與畢業的日期，加以證實。然而，有關郁達夫入文學部這件事，即使在中國，也未曾被人報道過，同時在《郁達夫資料》中也沒被提及，因此，作為補充《郁達夫資料》之不足，我把調查所得依次報告。

下列照片所揭載的資料，是由文學部事務室教所保管，是在學證書冊中所登錄的郁達夫「在學證書」與「戶籍證明書」。第一圖：是「在學證書」，上面清楚列明學生的名字是「郁文」，郁文是郁達夫真名，日期是「大正十一年（一九二二）五月十三日」。在圖一的另一方，繕寫着學歷，雖然略為模糊，仍然可以看出最後的這兩項字：

大正十一年（一九二二）三月三十一日

東京帝國大學經濟學部卒業經濟學士

大正十一年（一九二二）四月　文學部

入學

圖二是「戶籍照明書」，上寫：

戶籍證明書

郁文

右學生係中華民國浙江省富陽縣滿家街人郁華之三弟　此證

中華民國留日學會監督處

中華民國十一年五月

正如第一圖的在學證明書所示，郁達夫是在大正十一年（一九二二）三月三十一日經濟學部畢業後，於同年四月以學士身份進入文學部言語學科就讀。根據當時學部的一般規則，學士身份入學，可以免試，而修學年限，亦由三年，減去一年，僅修兩年。（編按：照片因太模糊未能刊出）

能夠證明郁達夫曾在文學部唸書的資料，除了在學證書外，還有「文學部學生生徒名部」與「文學部入學者名部」。在「文學部學生生徒名部」（自大正十一年（二二年）四月至大正十二年（二三年三月）中，登記着郁達夫的在學編號（第二百四十三號），學科（言語學），出身學校與原籍。

在圖一的右上面（有箭咀處），可以看得見劃有一個「除」字。這是表示郁達夫「退了學」。退學這件事，從「文學部入學者名部」的記載看來，是在入學翌年，大正十二年（一九二三）三月三十一日發生的。但是，這只是文件上的記載而已。郁達夫，正如《郁達夫資料》所說，在入學這一年（大正十一年）的七月二十日，已從神戶上船，踏上回國之途了。換言之，郁達夫實際上成為文學部言語學科的學生，在離日回國為止，不過是三個多月的光景而已。

郁達夫緣何退學？理由不明，不過參照當時學部的一般規則，推測大概是抵觸了學生一般規則的第十五條與第十六條，有以致之。在當時學部的一般規則中，能構成學生退學者，就僅有這兩項。大凡被認為沒有可能完成學業者（第十五條）付不出學費者（第十六條），都得退學。到底觸犯了這兩項裡面的哪一項而要退學（根據當時的情況，觸犯第十六條而退學者，甚少聽聞），乃未明朗，但是入學這一年的七月就回國，一直到一九三六年十一月為止，都不曾回到日本來的郁達夫，有可能是兩條都觸犯了吧！

但是回到了中國而不再回來，是不是郁達夫的本意呢？歸國後不久的七月二十六日，在上海所寫的小說《中途》，便流露出不要回日本的心意，小說這樣寫——「因為日本是我所最厭惡的土地，所以今後大約我總不至再來。因為我是無產階級的一介分子，所以將來大約總不至坐在美國船上，再向神戶橫濱來泊船的。所以我可以說門司便是此次我的腳所踐踏的最後的日本土地了。」（《過去集》）再者，在一九二七年三月十三日寫成雜感〈創造社出版部的第一週年〉中，由於是日後追寫的緣故，頗有含糊的地方，但在內容上，很明顯的是敘述當時的事情，文中表示是因為留日學生官費問題回國，在杭州住了一個月，跟當地有了點牽連，正要回來東京時，安慶法政學校卻要他再去執教鞭，於是他便到安慶去。到底哪一項才是郁達夫的本意呢？現在，我只想提出上述這兩種資料。

郁達夫所參加的創造社，它的成員泰半是日本留學生。自一九一四年到二一年，就我所知，有十七名創造社成員是一起在日本留學的。他們許多在起頭時，並不有志於文學，他們初時，只想學習所謂「實學」。

姑且以上面所說過的十七名成員為例，就我所知記述如下：

郭沫若——九州帝大，醫學。成仿吾——東京帝大，造兵學。張資平——東京帝大，地質學。陶晶孫——九洲帝大、東京帝大，物理學。何畏——東京帝大，社會學。馮乃超——東京帝大，社會學。白薇——東京女高師，理科。

另外，李初梨是在東京高等工業高校唸書，段可情則因打算學習法律、政治、經濟才留學日本。在大學中學文學的，只有田漢（東京高師，英文）與穆木天（東京帝大，法文），田漢這時以少年中國學會會員身份跟鄭伯奇（京都帝大，心理學）一起活動，穆木天則除了法文，也因想研習機械工程才逗留在日本。因此，創造社的成員，接近文學，從而易志於文學，應該是在日本留學時期。他們在日本留學的一段時期中，在「文學」中發現了文學的意義勝過所謂「實學」的意義。

郁達夫也不是一個例外。從了兄長郁華所勸。郁達夫往日本留學的初期，是有志於習醫的。在考入第一高等學校特設預科前，他與張資平一起去考千葉醫學專門學校。郁達夫雖然在第八高等學校唸書時，從理移轉到文科去，入了大學，對文學也抱有激情的耽溺，最後卻考入了經濟學部就讀。在經濟學部畢業了後，以學士身份進入了文學部深造。郁達夫的路綫，正好說明了從「實學」到「文學」的創造社成員的一個特徵。

常常對郁達夫規勸要他學醫的長兄，便是「北京大理院推事」郁華。郁華又名郁曼陀，詩名早為日本士林所重，達夫幼時，受其影響頗巨，後因學醫不果，兄弟鬧翻。

郁達夫進入文學部言語學科的動機至今不明，同時，也不曾發現談論唸文學部言語學科時郁達夫的資料。現在所知悉的，是在文學部言語學科中，與郁達夫做過同學的，僅有一位叫做久保田滿年的人知道這件事而已。

七七年十一月十一日午譯寫

有關魯迅作品的日譯

〈故鄉〉是最早的日譯

日本著名的現代中國文學研究家竹內好，在今年四月號的《文學》雜誌上，發表了一篇叫做〈在日本的魯迅翻譯〉的文章，內容集中討論魯迅的名作〈故鄉〉，判斷各種日譯版本的差異。

據竹內好所得的資料，〈故鄉〉的日譯共有十二種之多，其中以一九二七年十月發表在《大調和》雜誌上的日譯，是日本翻譯魯迅作品的開始。

〈故鄉〉的另外十一個譯本，分別由佐藤春夫（一九三二年一月刊於，《中央公論》），井上紅梅（一九三二年《魯迅全集》），竹內好（一九五三年五月《魯迅作品集》），田中清一郎（一九五三年十月「青木文庫」），增田涉（一九六一年四月「角川文庫」），高橋和巳（一九六七年八月「中公文庫」），那須田稔（一九六七年「小峰書店」），松枝茂夫（一九七〇年三月「旺文文庫」），駒田信二（一九七四年八月「集英社」），松枝茂夫，和田武司（一九七五年六月「講談社」）與竹內好（最近改譯，迄未發表）等所譯。

從一九二七年至現在的五十年間，日本學者研究魯迅著作的精神、熱情始終未減，竹內好的文章除了論及〈故鄉〉日譯本的問題，還約略介紹了魯迅其他作品的各種日譯本。

《阿Q正傳》的譯本

對日本的魯迅研究，或翻譯史來說，一九三一年是很重要的一年，但是，事實上遠在一九二七年，就早已有了最初的〈故鄉〉這篇小說的日譯。

《大調和》這本雜誌由武者小路實篤主編，春秋社發刊。〈故鄉〉的日譯就登在這一年的「亞細亞文化研究號」裡，這是日本最早的魯迅作品翻譯，可是譯者的名字迄今仍未知悉。

接着，於一九二九年井上紅梅着手翻譯《阿Q正傳》，同年十一月用「支那革命畸人傳」為題，刊於雜誌《奇談》，這是日本最早的《阿Q正傳》的翻譯（引用丸山昇所著〈有關《阿Q正傳》日本翻譯〉一文，中譯刊於七五年十一月號《明報月刊》）。

一九三一年一月至五月「滿鐵」的外圍團體「中日文化協會」主編的《滿蒙》雜誌，亦登載了長江陽翻譯的《阿Q正傳》。跟着，同年又有了松浦圭三與林守仁（即山上正義）所譯的《阿Q正傳》單行本出版。同時增田涉亦開始專事翻譯魯迅的作品，分期刊登於佐藤春夫所主編的《古東多萬》雜誌上。

魯迅全集的出版

一九三二年一月佐藤翻譯了魯迅的〈故鄉〉。同年井上紅梅的《魯迅全集》亦告出版。井上的《魯迅全集》雖然名為全集，其實只收錄了魯迅的《吶喊》與《徬徨》。魯迅逝世後不久，「改造社」編輯魯迅全集七卷，因為有了《魯迅全集》之名在先，所以特別冠上一個「大」字，稱為《大魯迅全集》。然而《大魯迅全集》所收輯的作品並不完整，戰後由岩波書店所出版十二卷的（其後修訂為十三卷）《魯迅選集》，無論在質與量方面都選得比前二者優勝。

《大魯迅全集》的出版過程

一九三四年，魯迅通過內山完造的介紹，跟某方面的日本文化界人士關係越來越密切，「改造社」的社長山本實彥是其中的一個。那時，中國內地形勢動盪，魯迅應山本之邀，接連寫了用日文寫成幾篇文章，刊登在《改造》雜誌上。一九三六年十月十九日魯迅病逝上海，「改造社」為了紀念魯迅，由山本實彥率先發起替魯迅出版全集。當時鹿地亘因避禍從日本逃至上海，當與魯迅見面，所以就被邀加入《大魯迅全集》的編譯工作。

《大魯迅全集》七卷於一九三七年出版，比起中國人自己編纂的《魯迅全集》還要早一年。之後中日戰爭掀起高潮，一切正常的文化活動幾乎都告停頓，而魯迅的著作，除了蟄伏在延安的共產黨給予極高的評價之外，在其他地區卻成了禁書。

戰後的魯迅研究

戰爭期間，日本文學界也受到了政府的壓迫，文學成為軍國政府的御用工具，替侵略者做傳聲筒，有關魯迅的研究，差不多完全停頓。直到戰後，魯迅再次成為日本現代中國文學專家研討的對象，各類關於魯迅的評介翻譯，紛紛出版。一九四一年，小田嶽夫寫成《魯迅傳》，這是中日兩國間最早的一本《魯迅傳》。

小田嶽夫之所以寫《魯迅傳》，完全是受到中野重治一篇名為〈魯迅傳〉的隨筆的影響。中野的〈魯迅傳〉並不是魯迅的傳記，而是一篇主張魯迅傳應該在日本撰寫的隨筆，文章收錄在筑摩書房出版的中野重治最早的一本隨筆集裡。小田看到這篇文章，觸動心思，就寫出了《魯迅傳》。

一九四三年秋，竹內好着手寫《魯迅》一書，未幾竹內即為憲兵隊拘捕，轉輾年餘，至四四年底《魯迅》始告出版。

一九四五年，作家太宰治寫成小說《惜別》。《惜別》以魯迅在仙台從藤野先生習醫的時代為背景，用小說體裁寫出，不過其中有許多資料是擷自魯迅自己所寫的自傳，所以保存了局部的真實性。

〈故鄉〉被列為學校教材

一九五三年岩波書店與筑摩書房分別出版了竹內好所寫的《魯迅評論集》與《魯迅作品集》。同時，青木文庫也出版了《魯迅選集》五卷，其中包括小說兩冊。評論二冊，編譯者有多人，〈故鄉〉的譯者是田中清一郎。一九五六年岩波書店出版《魯迅選集》，越十年又再修訂，彙成十三卷，是為目前日本最權威的魯迅選集。近十年來，雖然先後又有不少魯迅的新譯本出現，在實際的成就上，很少是能超越岩波版的《魯迅選集》。

無可諱言，魯迅的作品在日本是很受讀者歡迎的，若論到深入民間，影響深遠的，可舉〈阿Q正傳〉與〈故鄉〉兩篇作品，其中〈故鄉〉被列為日本的國語教材，擁有各類譯本特別多。

● 竹內好的〈故鄉〉日譯本

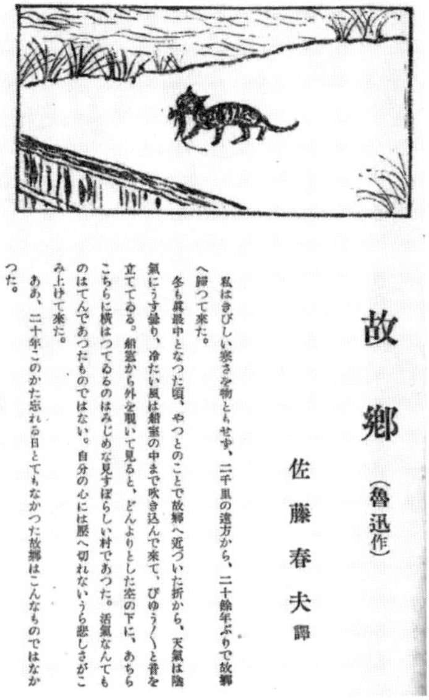

故鄉（魯迅作）

佐藤春夫譯

私はきびしい寒さを物ともせず、二千里の遠方から、二十餘年ぶりで故鄉へ歸つて來た。

冬も眞最中となつた頃、やつとのことで故鄉へ近づいた折から、天氣は陰氣にうす曇り、冷たい風は船室の中まで吹き込んで來て、びゆう〳〵と音を立ててゐる。船窓から外を覗いて見ると、どんよりとした空の下に、あちらこちらに橫はつてゐるのはみじめな見すぼらしい村であつた。活氣なんてものはてんであつたものではない。自分の心には歷へ切れないうら悲しさがこみ上げて來た。

ああ、二十年このかた忘れる日とてもなかつた故鄉はこんなものではなかつた。

● 佐藤春夫的〈故鄉〉日譯本

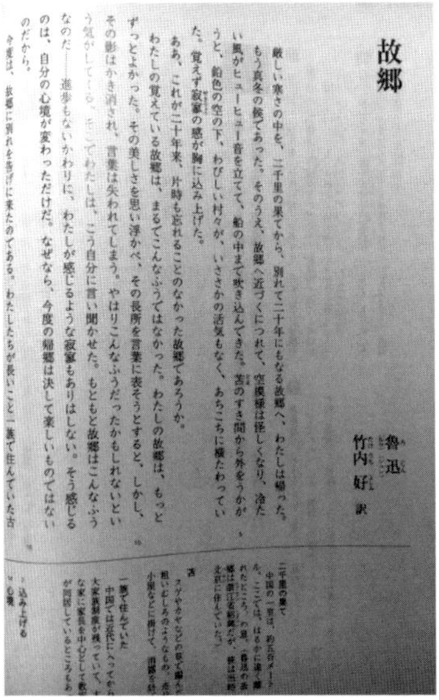

故郷

魯迅
竹内好 訳

厳しい寒さの中を、二千里の果てから、別れて二十年にもなる故郷へ、わたしは帰った。

もう真冬の候であった。そのうえ、故郷へ近づくにつれて、空模様は怪しくなり、冷たい風がヒューヒュー音を立てて、船の中まで吹き込んできた。苫のすき間から外をうかがうと、鉛色の空の下、わびしい村々が、いささかの活気もなく、あちこちに横たわっていた。覚えず寂寥の感が胸に込み上げた。

ああ、これが二十年来、片時も忘れることのなかった故郷であろうか。

わたしの覚えている故郷は、まるでこんなふうではなかった。わたしの故郷は、もっとずっとよかった。その美しさを思い浮かべ、その長所を言葉に表そうとすると、しかし、その影はかき消され、言葉は失われてしまう。やはりこんなふうだったかもしれないという気がしてくる。そこでわたしは、こう自分に言い聞かせた。もともと故郷はこんなふうなのだ――進歩もないかわりに、わたしが感じるような寂寥もありはしない。そう感じるのは、自分の心境が変わっただけだ。なぜなら、今度の帰郷は決して楽しいものではないのだから。

今度は、故郷に別れを告げに来たのである。わたしたちが長いこと一族で住んでいた古

記我的叔父藤野嚴九郎

（日）藤野恆三郎作，沈西城譯

譯者前言

我在日本唸書的時候，偶跟學習中國語的日本友人閒談，大多會扯到魯迅的作品上面去。日友語我，在所有魯迅的作品中，以〈藤野先生〉一文，最為可讀。當時，我的心中，立即起了這樣的一種想法——「大概藤野先生是貴國的人，愛屋及烏，所以才最喜愛和欣賞的吧！」說實在的，那時我對魯迅的作品並不太過熱衷，因為東京隱士式的生活，令我更傾向兼具「隱士」與「叛徒」兩層性格的知堂老人的小品文，對魯迅潑辣諷刺的雜文，雖還未到不顧一眼的地步，實際上卻是無心親炙了。

後來，我回到香港，找不到適當的工作餬口，要靠寫東西來維持起碼的生活；只是東西寫不多，空着的時候，頗難填塞，於是乎就翻弄起五四時代的作品來，魯迅的作品，也便是在這種情形之下，細細的再看了一遍。一直要到這時候，我才發覺〈藤野先生〉之所以得到日本人的欣賞，實非如我想像中的那般簡單。篇幅不長的文字，寫的雖是魯迅對藤野先生的懷念，仔細捧讀一遍，也就不難發覺這於魯迅而言，實是思想的一個重大轉變期，而導致魯迅這改變的，藤野先生無疑是有一定的啟發作用。〈藤野先生〉這篇文章還有一個可貴處，乃是在於被追憶的對象藤野嚴九郎本身乃是一個藉藉無聞的人，以

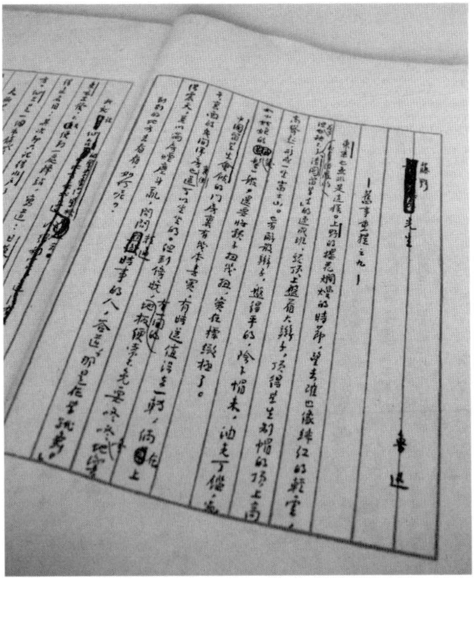

● 魯迅撰寫〈藤野先生〉的手稿

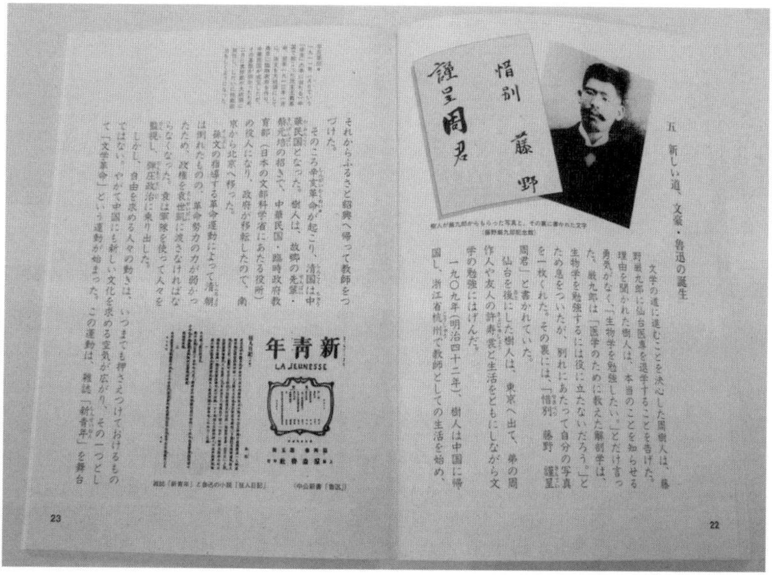
五　新しい道、文豪・魯迅の誕生

文学の道に進むことを決心した周樹人は、藤野厳九郎に仙台医専を退学することを告げた。理由を聞かれた樹人は、本当のことを知らせる勇気がなく、「生物学を勉強したい。」とだけ言った。厳九郎は「医学のために教えた解剖学は、生物学を勉強するには役に立たないだろう。」とため息をついたが、別れにあたって自分の写真を一枚くれた。その裏には、「惜別　藤野　謹呈周君」と書かれていた。

仙台を後にした樹人は、東京へ出て、弟の周作人や友人の許寿裳と生活をともにしながら文学の勉強にはげんだ。

一九〇九年（明治四十二年）、樹人は中国に帰国し、浙江省杭州で教師としての生活を始め、

樹人が厳九郎からもらった写真と、その裏に書かれた文字
（藤野厳九郎記念館）

22

それからふるさと紹興へ帰って教師をつづけた。

そのころ辛亥革命が起こり、清国は中華民国となった。樹人は、故郷の先輩・蔡元培の招きで、中華民国・臨時政府教育部（日本の文部科学省にあたる役所）の役人になり、政府が移転したので、南京から北京へ移った。

孫文の指導する革命運動によって清朝は倒れたものの、革命勢力の力が弱かったため、政権を袁世凱に渡さなければならなくなった。袁は軍隊を使って人々を監視し、弾圧政治に乗り出した。

しかし、自由を求める人々の動きは、いつまでも押さえつけておけるものではない。やがて中国にも新しい文化を求める空気が広がり、その一つとして「文学革命」という運動が始まった。この運動は、雑誌「新青年」を舞台

雑誌「新青年」と魯迅の小説「狂人日記」　（中公新書「魯迅」）

23

●日本有關魯迅與藤野嚴九郎研究的小冊子

魯迅當時的地位，竟肯動筆敘述一個平凡學者的事跡，於此更可見藤野先生的不尋常。恆見一般時人，輒喜追憶名人，且多誇張彼此交往，以高身價，與此相比，亦可見魯迅與藤野之不平凡耳。

本文作者藤野恆三郎，乃藤野先生之侄；原文刊於十一月十一日《日本經濟新聞》夕刊〈魯迅展覽會特輯〉，內容追述藤野先生晚年事蹟，甚具參考價值，今照原文譯出，以饗讀者。

上月（七六年十月）初，我應邀出席在仙台舉行的紀念魯迅逝世四十週年展覽會的開幕儀式。這是因為魯迅作品〈藤野先生〉所描述的仙台醫學專門學校教師藤

野嚴九郎，正是我底叔父（父之弟）的緣故。

隨着看到展覽會所陳列的魯迅遺物以及各種有關物品，我不覺打從心底認為，和平是一件好事。從魯迅生前到今日，中日兩國間雖然發生了種種的事件，現在我卻深切地感到，兩國已被友誼之繩繫在一起了。

為魯迅這樣的大文學家、大思想家所敬佩，而又曾影響過魯迅的藤野嚴九郎，到底是一個怎樣的人呢？這種事情，是我屢屢被人問及的。然而應該怎樣回答呢？我時常都不能不躊躇。叔父是我家的一員，跟另外的人一樣，並不是一個特別的人物。只是那時候，常常刻在心裡，會想起來的，那便是叔父能夠被寫成像〈藤野先生〉這樣優秀的文章，那該是多麼幸福的人的這回事。

我們跟嚴九郎叔父一家同住在一起，是我唸小學四年級的時候，那是大正初期的事了。我的父親在福井縣的窮鄉僻壤開始行醫，而叔父也從仙台回來，在同一間屋子裡，開設耳鼻咽喉科。在家的後院的倉庫裡，有一間十蓆倉房，叔父一家便住在那裡。他們便是叔父、叔母利香與養子茂一三個人。

我的父親常穿着皺巴巴的裙子（和服），用包袱布把出診器具一層層包着，出外看病；但是叔父卻穿着整齊的西裝，而且從東京買回來的最新手術用具也在玻璃櫃中閃着銀光，在孩子們的心中，跟父親比起來，不知怎的，總覺得他是一個偉人。

但是，這大概因為是北陸（日本八道之一，指福井、石川、富山、新潟等地）窮鄉僻壤地方的孩子，才會這樣想的吧！魯迅便曾這樣寫過叔父——「這藤野先生，據說是穿衣服太模胡了，有時竟會忘記帶領結；冬天是一件舊外套，寒顫顫的。有一回上火車去，致使管車的疑心他是扒手，叫車裡的客人大家小心些。」（〈藤野先生〉）現在想起來，那時候的叔父，對打扮自己，該是很漫不經心的。

打從叔父一家搬來後的翌年秋天起，我家發生了各種不如意的事。首先，是我母親產後失調，長臥病床，到過了年的二月初，終於一病不起。然而那時叔父一家還在，我還可以不覺得怎樣寂寞地過活，可是，不知不覺中，叔母的身體也壞起來，那年年底步我母後塵去世了。叔父不久便再婚，另外在別處開了診所。大約過了兩年，我還在唸中學一年級，我父又以心臟病發，突然去世了。

大概是可憐我失去雙親的遭遇吧，嚴九郎叔父，在眾多的外甥與侄子中，待我特別親切。中學畢業前，叔父寫了一封信給我，問我「你準備投考哪一間學校」？一個人很悠閒的住在宿舍，並不算是十分好學生的我，考慮到自己的成績，於是就很率直的寫信告訴他——「我沒有信心去考官立高等學校的理科班」。不多久，叔父便來宿舍找我，用「你還是振作點，朝學醫的路途走吧！」這樣強而有力的話來勉勵我。我感覺到這比起大哥、大姊所勉勵的，還更強而有力。幸運地，我考進了府立大阪醫科大學預科班，那時候叔父歡喜若狂的情景，迄今仍留在我的腦海。「好呀。我送你一條斜紋嗶嘰裙子作為祝賀吧」，叔父雖然這樣對我說，因為裙子是大哥給我準備的，我獲送了一襲名貴奢侈的嗶嘰和服。

現在我還存有一張叔父的照片。那是某個夏天，我用我的攝影機拍的；叔父身上穿着不像是浴衣，也不似是單背心，而是令人摸不着頭腦的衣服。就是這身打扮，令到村人們把他看成是的的確確的怪醫！

事實上，聽說也有相熟的村民們，隱隱含着惡意，稱呼他作「庸醫」的。後來，為了在福井市建造紀念魯迅跟叔父一段關係的石碑（叔父在贈魯迅的照片背後，寫上「惜別」，因而石碑名曰「惜別之碑」）而奔走的作家貴司山治先生，曾經對叔父的為人作過種種調查，就他所聽到的，據說就不曾聽人提起過「怪人」、「庸醫」這種話。只有聽到「他是真誠的人」這一句話而已，看來這該是確實的。

叔父在大戰將結束（一九四五年）的八月十日，在訪村中好友途中暈倒，之後即在好友家中逝世。我只在他生前，有一次提過——「叔父，你很被魯迅稱讚與感謝呢！」叔父一聽，便笑着說——「嗯！這樁事嘛——」另外便不再說甚麼了，叔父的兩個兒子，東北大學醫學系畢業的長子，很年輕便在打仗中去世了；至於在海軍學校畢業的次子，現在還精神奕奕的在海上保安廳服務。這還是以前聽來的，兩位公子完全不曾從父親口中聽過有關對〈藤野先生〉感到驕傲的話。叔父就是這樣的人。

叔父比魯迅大六年，分別時，魯迅是二十六歲。大概是年青的魯迅所得到的深刻印象，隨着魯迅的成長，變得不可磨滅，結果，才構成了這篇傑出的文章吧！

（譯者按——本文作者藤野恆三郎，是日本著名學者，現為大阪大學名譽教授。）

《阿Q正傳》日譯者
——井上紅梅

在日本的近代文壇上，井上紅梅是一個謎樣的人物。他研究過中國的風俗，也寫過有關中國風俗的書籍，不過，他之所以到現在還能夠引起一股研究中國文化學者的關心，完全是由於他介紹過魯迅的作品。井上紅梅是最早的《阿Q正傳》翻譯者，但是人們大多只識其名，而不知其生平經歷，即使是日本的中國文化研究者，一提到井上紅梅，也是輕輕帶過。沒有作出詳盡的介紹。直到近一兩年，才有一位熱心的文學愛好者三石善吉，利用工餘時間，對這個問題進行了詳細的調查，井上紅梅的身世及一生經歷，才呈現出一個雛形來。三石善吉所寫的文章，原題「後藤朝太郎與井上紅梅」，收錄於由竹內好與橋川文三所編的《近代日本與中國》一書中，文章不太長，現摘錄如下。

身世成謎

有關井上紅梅生死的年份，現已不能確定。他作品所流露出的身世經歷，亦多虛構混亂，另一方面，跟他在南京、上海時代直接來往的人，幾乎都已逝世，所以，追查特別困難。以下所述的身世經歷，是根據增田涉回答我所詢問的信件，以及井上紅梅所有著作資料而寫成。

井上紅梅，原名井上蓮，紅梅是他的筆名，生於一八八一年（增田涉認為是一八九二年）的東京商業區。有兄弟三人，他是老二。父親好酒，以出售武器予中國為業，三十八歲時，即告逝世。紅梅體弱多病，好酒一如其父。他不善理財，終日放蕩揮霍，而由他經營的「支那料理店」，未幾便告倒閉，一九一三年，紅梅三十二歲，隻身移居上海。

研究中國風俗

我們現時所能讀到——井上紅梅最早的作品，是寫於一九一四年的一首無題散文詩（收錄於《支那風俗》）。這篇文章流露出中年男人落魄的情懷、非常感人。紅梅早期在上海，終日沉迷於「吃喝嫖賭」，他的活動舉止，無疑便是一個徹頭徹尾的墮落腐化分子。

但是，到了一九一八年，他忽然研究起中國風俗來了。同年一月，他刊印了《支那風俗》一書，得到許多日本人與中國人的支持。他在《支那風俗》上卷自序中說：「我高興時，便提筆寫下去，不高興時，就置之不顧的玩一兩個月。」

紅梅為什麼會做起「中國風俗研究家」來的呢？沒有人知道其中原因。他在序中表示，自己是一個放棄主觀的無感覺主義者，並以此據實來描寫現代的中國生活。紅梅花了三年時間，寫成上中下三卷《支那風俗》，由上海日本堂出版。之後，紅梅又寫成《匪徒》（一九二三年），《金瓶梅》（一九二三年）與《支那各地風俗叢談》（一九二四年），至此，紅梅已由一個只知玩樂的腐化份子，變為著名的「中國通」了。

一九二一年，井上紅梅從上海移居南京，為了「想在支那風俗研究上獲得多點幫助」，紅梅跟一個三十一歲的中國女人結婚。這個女人帶着十四歲的兒子來跟他同住。紅梅在〈酒、鴉片、麻將〉一文裡說——「我長養四五個人。」這一年，他剛巧是四十一歲。

紅梅的妻子，很以丈夫是個日本人為恥，因此從不讓紅梅見她的朋友，遇有人來訪時，就把紅梅推到另一個房間去。這個女人十分喜歡搓麻將，終日消遣、日夜不眠、倦時，就用鴉片提神。紅梅處身在這樣困苦的環境中，唯有以書寫洩悶，唯一的經濟來源便是寫書賣給出版社。那時，他月入只有一百元，不能應付龐大的開銷，想以六百元把《支那風俗》的版權賣給上海的「日本堂」，又不幸被拒，於

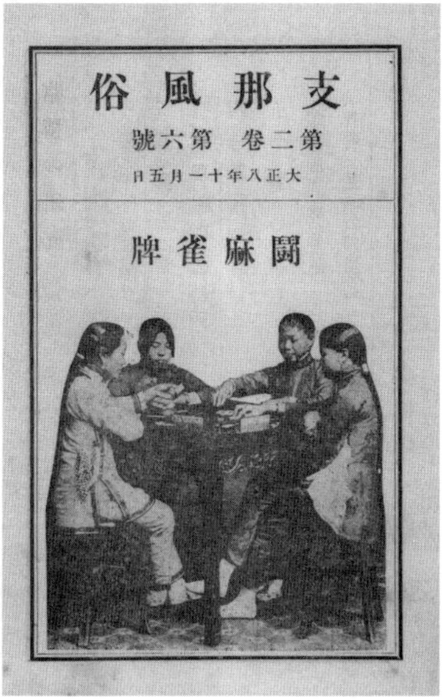

井上紅梅《支那風俗》書影

是只有借債過活。

魯迅與井上紅梅

井上紅梅所寫的書，當時很受兩位國籍不同的著名作家的注意。他們便是佐藤春夫與魯迅。魯迅在寫給增田涉的信中（一九三二年十一月七日）表示：「井上紅梅翻譯拙作，我也感到意外，他和我並不同道。但他長譯，也是無可如何。近來看到他的大作〈酒、鴉片、麻將〉，更令人慨嘆。然書已譯出，只好如此。」

大概在魯迅的心目中，對紅梅是有兩種印象的，那便是翻譯家與作家。對翻譯家的紅梅而言，魯迅直指「誤譯甚多」，增田涉在《魯迅的印象》一書中指出，魯迅對紅梅的語學能力不但產生過懷疑，而且也曾流露過不滿。對作家的紅梅來說，魯迅則認為彼此不同道，而對他的生活方式，更是徹底慨嘆。由此，可見魯迅對紅梅的評價並不很高。

未獲得外人諒解

但是紅梅的小說，雖說跟魯迅的並不同道，至少卻仍保持着日本私小說的傳統。從某種角度看，趣味盎然，能夠滿足讀者的求知慾。魯迅最不滿紅梅的地方有三點，其一便是紅梅好寫黑暗面的精神，其次則認為紅梅的作品處處流露一種頹廢的氣味，通體而言，又隱含着對中國的蔑視。最後對紅梅的「因欲在支那風俗上能夠獲得多少幫助」，而跟中國女人結婚的事，更表不滿。

魯迅素性嫉惡如仇，既然明白紅梅的背景，對他翻譯自己的作品，自然不免嘖有煩言。由此可以看到，紅梅的中國風俗研究工作，在當時中日關係微妙的情況下，顯然不能獲得人們的充分的了解。在另一方面，紅梅的「支那風俗研究」，對當時的魯迅，甚至中國來說，又被認為是一種麻煩。

佐藤春夫很欣賞紅梅，在〈曾遊南京〉一文中，就提到紅梅說：「此時，終不可見的雨花台的風景，俟後來讀到井上紅梅的〈紅土與綠雀〉才得知其概。同書收錄的〈麻將日記〉，亦是讓人窺知現代中國百姓生活獨一無二的佳作，謹此向著者致敬。」

佐藤對紅梅的中國風俗研究，評價甚高。他說：「以我孤陋之見，描寫南京風物與生活的文獻中，這是（指〈紅土與綠雀〉）最能表達南京生活趣味的著作。」目的是據實寫出現代的中國生活，在這方面，佐藤對中國的研究大致亦跟紅梅相若。佐藤春夫借用了紅梅對雨花台的描寫，寫成〈南京雨花台之女〉，顯見他們兩人的投契。如果從他們兩人的思想看來，春夫與紅梅，都以為中國不外是一個可以讓自己的創作慾與研究慾，得到滿足觀念的對象而已。

魯迅跟佐藤春夫，通過增田涉而彼此尊重，但是魯迅對紅梅的批判，豈不正是對佐藤春夫，甚至所有日本的「中國通」與「中國趣味愛好者」而發的嗎？

革命文學的介紹人

紅梅跟那中國女人的婚姻並不長久。離開南京之後，紅梅去了蘇州。蘇州是紅梅妻子的故鄉。在《酒、鴉片、麻雀》的卷首，紅梅曾屢次提到南京如夢的生活，以此看，紅梅對中國妻子確是懷有很深厚的感情的。

紅梅經過婚姻失敗的打擊後，對中國風俗的研究，已不若以前的喜愛，這時候的紅梅，反過來以介紹革命文學與翻譯革命文學為主了。紅梅首先翻譯了魯迅的《阿Q

正傳》。登載在上海的日本報紙《上海日日新聞》上。在魯迅的日記與書簡中，也曾屢次提到井上紅梅的名字。紅梅自己這時也以中國革命文學者自居，不但動手翻譯了魯迅的作品，同時也介紹了丁玲、茅盾與周作人等著名的中國作家。從一九二九年至三九年這十年中，特別是在三二年到三四年間，紅梅更是幹勁冲天，努力不懈地介紹了中國文壇的情況。

一九三三年六月二十五日，魯迅致增田涉的書信中指出：「目前上海已開始流行中國式的白色恐怖。丁玲女士已失蹤（一說已被慘殺），楊銓民（民權同盟幹事）被暗殺了……井上紅梅君到上海來，調查這恐怖事件，想寫些甚麼吧。但這是很難了解到的。」可見當時紅梅對中國文化界的注意。後來，正如魯迅所說的，紅梅在《改造》雜誌（一九三三年八月號）上面，報導了「上海藍衣社的恐怖事件」，對事件作了大略的描述。

後期的生活

紅梅是甚麼時候回國的，現在已不可考。但是紅梅後期的生活，顯然並不愜意。

在改造社要出版《大魯迅全集》時，身為編輯之一的紅梅，獨個兒住在本鄉菊坂的一幢簡陋房子中，一邊聽着杜鵑的淒啼，一面寫稿為生。紅梅嗜酒的習慣，這時仍沒改掉。一九三八年六月，紅梅曾經赴上海，何時回國，亦不可考。一九三八年十一月，新潮文庫出版了他所翻譯的《阿Q正傳》。三九年九月紅梅寫成〈鴉片與香煙〉之後，便告絕跡文壇，此後有關他的一切，再也沒法追查。

追記：據寺田東一教授調查所得，紅梅大概是死於昭和二十四、五年間（即一九四九、五〇年間）。

●新潮文庫出版井上紅梅譯本《阿Q正傳》初版

追悼魯迅三友

陳舜臣著，沈西城譯

聽到增田涉先生謝世的噩耗，我不禁呆了一陣子。一月十四日，在神戶崇光百貨公司舉行的中華人民共和國魯迅展的開幕儀式上的見面，是我們最後的一趟相遇。儀式於上午十點鐘開始，這對我這個住在神戶的人來說，也實在是太早了。從大阪趕來的增田先生，由於不熟路，再加上遇到交通擠塞，結果稍為來晚。作為魯迅的得意門生，增田先生本是要為大會演講和剪綵的，後來，便只好改由魯迅恩師藤野先生的姪子大阪大學名譽教授藤野恆三郎先生代勞。儀式甫告舉行，增田先生便一邊指着汗，一邊說着：「來晚了，來晚了」，趕到了會場。接着，忽然又加上一句說：「年紀大了，多半都會慢了一步的。」這時候，我的腦海中，忽然間浮現起去年十月裡亡故的武田泰淳先生的事。我想到增田先生所說的多半都會慢了一步，大概便是指自己比年輕的武田泰淳先生晚死一步而言吧！

對四十多年前，「中國文學研究會」成立以後的同志泰淳先生之死，增田先生是不會不感到震驚的。泰淳先生死後不久，我在魯迅展第一站的仙台見到了增田先生。他對我說——「我真擔心竹內好的精神會不行了。」他對抱病在身的竹內先生的關懷，我從他的神情中，感覺到增田先生有微微的寂寞。但是，在仙台時的增田先生，身體還很健康，還能夠開懷暢飲，跟魯迅的兒子周海嬰起勁地說着過去了的事。這以後，他又去北海道大學講學，這時，至少在旁觀者來看，增田先生是十分「神氣軒昂」的。不過，現在回想起來，大概他已看到我們的憂慮，所以才那樣做的吧！

大概是十多年前開始，我每月約有一趟見到增田先生。我們幾個人，圍着增田先生聽他講話。我們很想把增田先生以前曾經從魯迅那兒學習到的東西，由增田先生那裡吸收過來。開始時，因為是在星期一黃昏聚集見面的，所以就叫做「星期一懇談會」，但是不久之後，見面的日子，卻不一定是在星期一了。——就算沒有會名，也沒關係。

這雖然是增田先生的意見，不過因為用明信片知會會友時，很是尷尬，所以，就隨便安上了「例會」的名字。這是一個非常愉快的例會。會中，像郭沫若跟郁達夫，到底哪一個的日本話講得好，像這樣輕鬆的話題，更是層出不窮。在畫廊的二樓聊過天後，便各自攤錢吃飯，竹內好從東京來時，我們便設鐵鍋宴來歡迎他（注：火鍋的一種，把魚肉、豆醬、青菜等放在鍋裡煮好，醮佐料進食）。例會的發起人是神戶大學助教授飯倉照平，飯倉君去了東京後，關西大學的丸山松幸君繼承其職。不過，自從丸山君赴任東京大學教職後，聚會的次數逐漸減少，到這幾年，更已陷人冬眠狀態。

●一九七六年，增田涉（左）與魯迅之子周海嬰（右）在日本仙台會面

——試試再召開吧，這聚會真是愉快。

在仙台的某夜，增田先生正喝着酒時，這樣地說。再談下去，我們便決定在三月十四日召開這幾年來第一趟的聚會。

正當這時候，竹內好氏亡故了。竹內先生的疾病已告絕望的消息，去年年底我已知道，因此我便有要來的、終於來了的感覺，我反過來想到增田先生的事。

武田與竹內，是增田先生最親密的同志。即使說成是盟友，也沒有甚麼不對吧！他們的友情是憑藉着中國與魯迅而結成的。在體念到接連失掉了兩個盟友的增田先生底心情時，我的心中轉眼間亦潤濕了一片。例會的新發起人神戶大學的喊田

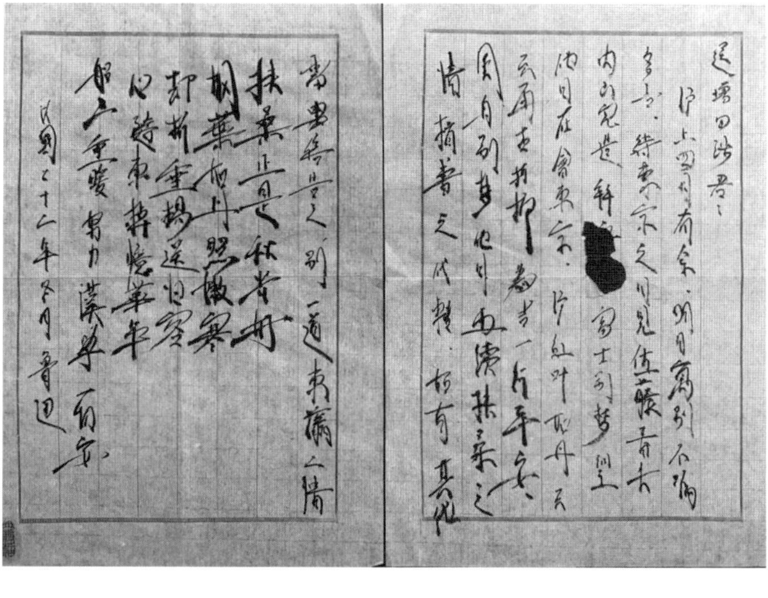

● 一九三三年魯迅致增田涉書信

敏三君給我打來了一個電話。

——十四日的例會還是無限期延期吧。增田先生出席了竹內先生的守夜與葬禮，太疲倦了。

電話就是這樣說。我也很贊成。這是兩日前的事了（按：陳舜臣君寫此文時是三月十日，兩日前即三月八日）。

現在，我在電話中聽到，在盟友竹內好的葬禮上，朗讀弔辭之際，增田先生也倒下了。真可說是禍不單行。

在黑暗的時代中，燃點着的細小的火輝——中國文學研究會，現在已成為一塊墓碑。但是火雖然消滅了，墓碑卻是不滅的。

譯後記

聽到武田泰淳逝世的時候，心中雖然興起過一點的哀悼之情，然而很快也就平息了。我對武田泰淳的認識，始於一九七五年，友人竹內實君從日本給我郵寄了一本武田氏的舊作《楊子江的周圍》。我在看過全書後，便動手翻譯了其中一篇〈老舍作品裡的事實與幽默〉，投寄給《明報月刊》，這是我翻譯日文的一個開端。嗣後，我又譯了武田氏一篇談論《水滸傳》與《金瓶梅》的文章。文章寫得並不好，翻譯後，仔細一讀，這才深覺武田氏實在並不是一塊寫論文的材料。武田氏是一位很有才情的小說家，可是偏偏對中國文學感到興趣，因此寧可放棄寫小說的時間，跑去研究中國的古籍與現代文學，但是，說一句不敬的話，綜觀武田氏的一生，在這一方面的成就，實在並不大。我對武田氏的哀悼，與其說是有感於其早逝，毋如說是對他底錯誤選擇而發的。

到了三月，先後又在日本報刊上讀到竹內好與增田涉的離世。奇怪的是，這時候的我，非但沒有任何哀悼之情，反過來卻有着一種難以名狀「如釋重負」的感覺。我在日本住了幾年，平常除掉學習日本文外，接觸最多的，恐怕還是這班魯迅專家的作品。可是我從他們著作裡所能親炙到的他們對中國現代文學的基本精神，幾無一不使我「失望」。我甚至有時候作這樣想，現代的中國文學所以未能廣泛地為日本讀者所認識，跟這班魯迅專家，是頗有關係的。就像由竹內、武田等所領導的「中國文學研究會」，雖然標榜中國文學的研究，其實主要還是在翻譯魯迅的作品。這種工作幾乎做了四十年，到現在，臨到竹內好晚年，聽說還在進行對魯迅作品的重譯。

日本的文化界中，一向遺留着「敬老」的傳統習慣，上一代的東西，尤其是學術性的，下一代的大多承其餘緒，照舊路走去，甚少如創作那樣，敢於反叛。魯迅的研究，一直都成為現代中國文學的基本範圍，其他中國作家，如郁達夫、丁玲、沈從文等，偶有旁及，但系統雜亂，翻譯亦不完整，對現代中國文學的推廣，可說全不起作用。可是，不論專家、後學，仍然樂此不疲，甚至還以能重譯魯迅作品而為榮，這對中、日現代文化的交流，非但沒有任何好處，而且還會造成一種妨礙。

站在中國人的立場而言，魯迅的作品能被日本人所愛好，那是值得慶幸的，然而，這四十年來，魯迅的研究與作品的翻譯，可以說是已經做完了，再要做下去，難免重複，亦無好處可言。在此三位老輩魯迅專家相繼逝世，魯迅研究的舵手頓失之時，後一輩日本現代中國文學研究者，是否應該考慮一下「改轅易轍」呢！

七七年三月十七日深夜記

追記：四十六年前（我廿九歲）做的文章，居然有此識見，連我自己也覺訝異。要不是黎漢傑君從舊紙堆裡掏出拙作，這樣有勇氣的說話，怕會永遠給湮沒了！

《人民中國》日文雜誌主催：京劇前途座談會

沈西城 譯

久違重見

編輯部：今天請到我們心儀已久的京劇名演員出席。即使像我這樣的門外漢，也覺得他們全是我的知己好友，這大概是常常看到他們在舞台上表演的緣故吧！

荀令香：演員與觀眾是朋友。在戲院裡，常常會有感情交流的情形出現。

蕭盛萱：可是，一別以來，也有十來年了。在這期間，託「四人幫」的洪福，我們如同休業。（笑聲）

史若虛：那麼今天是舊友重逢了。

蕭盛萱：不過，演員長久不讓登台，可是痛苦得很呀！

編輯部：觀眾也渴望能看到你們演

戲。像我這樣不通世故的人，也常惦念着你們到底怎樣了？

蕭盛萱：是呀！我父親蕭長華先生臥病的時侯，得到許多不認識朋友的信，裡面還附着藥方呢！

史若虛：蕭長華先生是受大家歡迎的藝術家……

傅德威：也是有名的京劇教育家……

高盛麟：同時也是初期的校長……

史若虛：他特別受大眾的敬愛。

高盛麟：我的師兄弟有名的花臉演員裘盛戎臥病的時候，有人偷偷地把藥方從門縫裡塞進來，觀眾對自己喜歡的演員格外的親切。（按：著名花臉演員於一九七一年十月六日因腦癌逝世。）

編輯部：高先生跟裘先生是同窗嗎？

高盛麟：那時候是不作興那樣說的，我們是富連成科班的同門師兄弟。還有，今天出席的蕭盛萱先生也是我的師兄弟。

編輯部：我們言歸正傳吧。大家都是從事京劇教育的，高、蕭二位先生是有名的富連成科班出身，傅先生是中華戲曲專科學校高材生，謝銳青女士是解放後的中國戲曲學校的畢業生，而荀令香先生是京劇界四大名旦之一荀慧生先生的公子，長年在中國戲曲學院任教。趁在中國京劇院第三團訪日演出之前，今天，我希望大家能就京劇後繼者的培養問題發表一下意見。即使在日本，這也是受到大眾關心的一個問題。我們請史若虛院長做今天的司會（主席）。

有關科班

史若虛：好！我們早已提起過富連成，就由它開始談下去吧！有關這一點，高先生、蕭先生兩位先生，是最有資格發言的。

蕭盛萱：富連成是甚麼，說來話長。這得先由京劇演員培養的各種情況開始說起。還是請史院長說一說吧……

史若虛：京劇的發生、發展，以及到今日為止，已有一百年以上的歷史，在舊中國、並沒有國家的專門京劇教育機構，演員全都是世代相傳。老的去了，新人上場。那麼，新人又從哪裡去尋求呢？那是十分有限制的，離不開家傳、徒弟、科班。這以後，才有學校。好比梅蘭芳先生，他是京劇世家，祖父、父親都是京劇演員，可以說是家傳了。但是，他還得師事吳菱仙，接受別的演員指導。

荀令香：譚鑫培先生與他的兒子譚小培是有名的京劇演員，被目為譚家藝術繼承者的譚富英與他的兒子譚元壽，全都是富連成科班出身。

傅德威：科班出身，也有許多師事有名的演員。今天出席的高盛麟先生，他是富連成科班出身，但是，他也承繼了武生宗師楊小樓的藝術。

史若虛：科班對京劇後繼者的培養，盡了很大的責任。中國以前有許多科班，但是，時間最長，影響最大的便是富連成。

編輯部：富連成到底是甚麼？

蕭盛萱：打個比方來說，它很像一間私塾。但是入門學生，由朝到晚，只學京劇；還有「束修」，也就是學費，並不要付，這一點跟私塾又不同了。

編輯部：那麼經費從甚麼地方來呢？

蕭盛萱：是由經營科班的主人負責。富連成科班也是一樣，最初是牛子厚這個人負責費用。

編輯部：科班的主人出錢，當然是為了營利。

蕭盛萱：學生入了科班，食住受到保證，在學戲時期登台串演，收入全歸科班主人。

編輯部：那科班的主人是戲行中人嗎？

蕭盛萱：那不一定。這裡面雖然也有行家組織科班，富連成可不是那樣，由科班主人出錢，準備了幾間課室，延聘教師，募集學生，就這樣開始的。

編輯部：學生怎麼募集呢？

蕭盛萱：有辦法的人家，不會讓孩子進那種地方。一是演員的地位不高，被人瞧不起，還有七年科班生活，極不易熬過來；有誰會讓孩子去受這個苦呢？

高盛麟：所謂苦，便是生活單調，每天早上天沒亮便起床，文的吊嗓子、武的踢腿……

蕭盛萱：有人文武兼練……

高盛麟：學戲是在練工之後，學生摹仿老師所授的身段與科白……

編輯部：其他還有學甚麼的嗎？

高盛麟：不，只學這一些。就是練基本功與學戲，其他甚麼都不學。學生差不多全不認識字。

編輯部：那麼怎麼讀劇本呢？

蕭盛萱：（笑）可沒有劇本呀！因為有的老師也不認識字呀。當時所謂「口傳心授」與「磕模子」的話，都是摹仿老師所做的就行。

高盛麟：不過老師裡頭也有有教養的老師，像蕭長華先生便是。蕭先生能編劇本，在教戲時，先簡單的向我們解釋了歷史背景與登場人物的經歷。但是，像蕭先生那樣的人實在少。蕭先生雖然是丑角，甚麼戲都能演，他在富連成科班教了接近四十年，培養了很多有名的演員。

史若虛：富連成開始於光緒二十九年（即一九〇三年），到一九四〇年解散為止，這期間，一共培養了七科畢業生。

謝銳青：按現在的話說，應該是七期。

史若虛：對，這七期學生當中，出現了許多優秀的演員。舉例說：馬派的始創者馬連良，擅演曹操的花臉侯喜瑞、丑角馬富祿、花旦于連泉（藝名小翠花）、還有高盛麟先生、蕭盛萱先生兩位先生，全都是有名的演員。

傅德威：用「喜」、「連」、「富」等的字頭表示班別的習慣，後來的戲曲學校都沿用着，我們學戲的中華戲曲專科學校，便是使用德、和、金、玉這四個字。

編輯部：傅先生，是德字班的吧？

傅德威：是，我在這班上學武生。

編輯部：傅先生的學校有女學生嗎？

傅德威：有，在我們的學校成立之前，京劇界全都是男演員。女演員要到三四十年代才出現。

史若虛：在封建意識濃厚的社會裡，非但沒有女演員，女觀眾也不准踏進戲院的。此後，稍稍開放，准許入場，不過仍然限定範圍，男女分座。不久，隨着資本主義勢力的發展，才有女演員登場。但是，軍閥、官僚、地主、資本家這些人，不願看到女演員舞台上的演出，要在舞台外佔有她們，還是懷有侮辱她們的目的，有才能的女演員最後許多都成為了他們的妾侍。那時真是人的才能與藝術的受難時期。

高盛麟：社會風氣委靡，舞台演出水準低落，像京劇那樣的古典藝術也遭了殃，變得不成傳統。蕭長華先生生前憤而罵過「國亡出淫聲」。培養好的演員，剛出社會便不行了。不單是女演員，男演員也染上各種壞風氣，自甘墮落，變成不正當的人。還有一些落魄得連飯也沒得吃的人，死後無法下葬。如果，不解放，京劇可不知變得怎樣慘了！

史若虛：我們再來說一說解放後的事吧。就由我們的戲曲學校怎樣培養下一代說起吧！

解放之後

荀令香：首先我有話要說，是北京解放後的某個下午，有一個人走訪名京劇演員程硯秋的家，他說要見程硯秋。程硯秋剛巧不在家，程夫人從這個陌生客人手上接過留條後，那人便回去。程先生回來，一見留條，嚇得跳了起來，被程夫人冷漠招待的人，竟是周總理。

謝銳青：說起周總理我想起一九五七年歲暮的事。那是祝賀蕭長華校長八十歲生辰，周總理那天來到現在的這間房。總理祝賀校長長壽，提起舊藝人學的艱辛，勸我們好好學習前輩，一代比一代優秀。

史若盧：我們的學校創立於一九五〇年，學生常到中南海，在毛主席面前演戲。毛主席常問起學校的事，諸如學生是否好好練習？吃的東西好不好？某一次，毛主席問坐在他旁邊的一個學生有關某句科白，學生回答得不好，毛主席一邊笑，一邊說好好學習呀。

荀令香：毛主席看過耿其昌的戲。

謝銳青：是呀！他是中國戲曲學校畢業生。在這次訪日團中，他演《野猪林》。

荀令香：演完戲後，毛主席問他會不會《逍遙津》？

蕭盛萱：這是以《三國志》裡故事為主題的劇目，是講曹操逼漢獻帝讓位的那一段，是高盛麟先生的父親高慶奎先生的拿手好戲。

荀令香：毛主席知道耿其昌演不來，便讓他聽自己藏有的高慶奎唱片。這以後，我們便請承繼高派傳統的李和曾先生教我們，耿其昌也學會了，便在中南海演出，毛主席看得高興極了。

傳德威：陳毅副總理也將學生叫到自己家中，讓他們聽名貴的唱片。

荀令香：還有當時的北京市長彭真同志，對學生們也頂關心，常指示學生們要演新戲。

史若虛：因此，這間戲曲學校是在黨與國家的關懷底下創立和發展成新的形式學校。

蕭盛萱：學校位於北京市南陶然亭的附近，那一帶，以前有人鍛鍊技藝、吊嗓子。當時這裡有梨園公墓，那是以前為許多藝術家死後無法安葬的貧苦藝人，出錢而買下的土地，這在戲劇界而言，是包含着深長意義的。解放後，家父成為教授，由學校那裡取過聘書時，過程激動，以致涕淚交流。五層高的校舍落成後，家父一口氣走上頂樓，感慨地說：「趕得上看，趕得上可真好，死去的夥伴（指王瑤卿們），如果能活得長一點，看一眼，會是怎樣的高興呢！」由四人幫的鎮壓獲得解放的今日，我也想說趕得上可真好。（大家都點頭）

傅德威：我校附近有北京市戲曲學校，是解放後為了培養演戲人才而創立的，這是北京市立的。

史若虛：在中國，全國各地都有這種學校，這裡面有音樂與美術並設的，有演戲科分作兩種系統的，也有除了京劇，傳授其他地方戲曲的。而且也有劇團本身擁有培養所培養新秀。總而言之，中國有九億人口，看戲的人很多，但演員數量卻追不上。

蕭盛萱：那是因為培養好的演員，並不容易。

史若虛：我們開始介紹一下我們的學校好嗎？怎樣培養接班人，我想首先請荀令香先生說一下。

發展個性

荀令香：我們的學校，現在已改為學院，便是大學。在以前這是中等專科學校，但現在已有了演技科、演出科與音樂科。

史若虛：而且除此之外，還設立了京劇創作科，舞台美術科與演員教育科。

荀令香：我先說一說改稱學院前的情況吧！當時，學生大概十一二歲便入學。入學後，在包括政治與一般教學的基礎學習道一點上，跟普通的學校是一樣的，與此同時，也有演技的基本訓練。經過這個階段後，依照各人的天資與學習情況，進入專門訓練。

謝銳青：對「生」有天資的學生學「生」，對「旦」有天資的學「旦」，對「花臉」有天資的學「花臉」，還有，到此文武分行。

編輯部：學生也有有天資與沒有天資之分的嗎？

荀令香：嗯，這當然……

蕭盛萱：十根手指頭也有長短呀！

荀令香：作為我們學校的方針，除施以全面教育，還會施以適合個別個性的教育。我們不會看不起資質差的學生，對有天賦好的學生卻會給予重點指導。

謝銳青：天資好壞，也不一定是絕對的。最主要的還是正確發掘與指導。如果不是這樣，就會埋沒好人材，耽誤了那學生的前途。

高盛麟：是呀！在京劇前輩中，要說天資不佳而獲成功的，梅蘭芳是最佳的例子。梅先生年輕時，目力不好，人家說他「不成大器」，但是由於苦練，終於克服了那些不利條件，成為了蓋世的藝術家。

荀令香：現在已成為中國京劇院主要演員的楊秋玲，一九六三年在日本演過《楊門女將》的穆桂英，她在學戲時，人家說她「嗓子不靈」，也有人力勸她改變戲路，作為學校，對學生負有重責，決定要觀察一段時間。在這段時間中，對她施以特別訓練，她也學得很勤力。

謝銳青：為了練嗓子，她試過了許多方法。她聽說名旦程硯秋對着罎子吊嗓子，便立即買了罎子，開始練習……。同學們都笑她說楊秋玲要改行耍雜技，所以才買罎子呢！（笑聲）

荀令香：無論怎樣被譏諷，她終於如願以償，她終於練成了有韻味、清澈剔透的嗓子，在我們學校的畢業生中，她是最優秀的一個。

前輩風儀

史若虛：在我們的學校，對學生，除了基本訓練，當然還要施以思想上的教育。我們要學生確立正確思想觀點，認識為甚麼演戲。

高盛麟：以前我們在科班，拼命學戲，只是想將來靠它吃飯，能夠成為稍有名氣的演員，過一點好日子便心滿意足。

籥盛萱：以前有一句老話「學藝防身」，能夠學到別人不懂的行當，去到哪裡，都能有飯吃！

謝銳青：解放後，學校教育我們學戲是為了要為人民服務。

史若虛：作為這方面的教育，除了政治理論、文藝理論，也會以在藝術上有成就的前輩生平事跡作為教材，指導學生。舉個例說：在日本帝國主義侵略中國期間，梅蘭芳先生留起鬍子，決不為侵略者演戲。

傅德威：程硯秋先生也不肯跟反動派合作，寧可下鄉耕田。

史若虛：京劇前輩們的品格，年輕人一定要承繼呵！

謝銳青：老校長蕭長華先生告訴我們在舊社會裡也有重義不顧私慾的人。一九〇八年光緒皇帝與慈禧太后相繼去世，皇帝駕崩，叫做「國喪」，所有娛樂按例得禁演百日。兩人一起死，是謂「雙國喪」，可真受不了！有六七個月不能演戲，那時富連成科班班主牛子厚，由於不能叫科班的學生演戲，賺不到錢，便想將大家解散回家，眼看科班便得解散，蕭先生為了維持科班繼續培養新人，自己省下薪水，投資白銀四百兩，保住科班。

高盛麟：蕭先生當時在富連成的收入，一個月只有白銀四兩，為了京劇的前途，犧牲了自己。

傅德威：前輩們對藝術的嚴肅精神，我常對學生說起。我也說過名武生蓋叫天，他在舞台上摔壞了腿，但是他在演英雄這個角色，如果當場倒下，戲的形象就會受損害，於是便忍住劇痛，在落幕之前，一路好好演下去。

深入探討

史若虛：我們希望學校培養的人材，為繼承前輩的創造，發展京劇藝術，能夠孜孜不倦地對藝術革新作出貢獻。

荀令香：因此我們不能儘是摹仿，光是摹仿老師的學習方法可不行，因此我們在教學生演戲時，不但要求他們能演那齣戲，還要他們通過這齣戲把握到演技上的法規，同時也要他們努力去反省這些傳統劇目，經過許多名角之手，已有了怎樣的革新。

編輯部：你可以舉個例嗎？

荀令香：那麼我來談一談《貴妃醉酒》吧！這是以歌與舞為主的花旦戲。

史若虛：是梅蘭芳先生代表作呢！

荀令香：唐代皇帝，李隆基的……

蕭盛萱：換言之，就是唐玄宗。

荀令香：這齣戲是描寫唐玄宗愛妃楊玉環的。楊貴妃是玄宗最寵愛的妃子。某次，皇帝要在皇宮百花亭和她飲酒，她準備好一切，皇帝卻去了別的妃子那裡，沒有來百花亭。為着排遣傷心，貴妃獨酌，喝得酩酊大醉，在演過各種醉態後，便回到自己的寢宮。以故事來說，實在簡單不過，但是精采處卻在於如何表現人物方面，年輕一代的演員，要了解掌握這一點，並非易事。

史若虛：靠着學習這一點，學生便會理解各種演技的要點。

荀令香：舉例說：貴妃醉酒身體有兩次彎低貼着舞台……

謝銳青：這可真困難。這動作十分美妙，我們叫它做「臥魚」。

荀令香：兩個「臥魚」，以前有許多演員演過了，但是表現甚麼，跟生活有甚麼關連，誰都不清楚。梅蘭芳先生在實際的生活當中，從低頭嗅花香的動作聯想到，於是便這樣把楊貴妃在百花亭嗅花香時的姿勢表現出來。因此，兩個「臥魚」動作便有了關連，有了生命。我們通過這兩個工作，讓學生了解到舞台上的舞蹈場面，跟現實生活有關，而舞台上的演技是來自生活，而不同於生活，而是更美的東西。

傳德威：京劇的技有一定形式。如果不了解這種形式是來自實際生活的某一處，這便是死的。以前，有許許多多的演員依循老師所教而學習，因而不知這種道理，因而失掉了演技的生命力。我們今日的做法，是盡可能讓學生們知道這些道理。

史若虛：我們這樣培養他們，學生除了由老師方面學到演技，還會有獨創能力，成為優秀的藝術家，對京劇的發展作出貢獻。

編輯部：我們以一個觀眾的身份，通過現時在舞台上活躍的姿態，看到了這間學院的成果，今年八月在日本舉行的京劇院第三團裡，也有許多貴學院的畢業生呢！

謝銳青：是呀，演《白蛇傳》的劉秀榮，跟我是同級，在《霸王別姬》裡演霸王的袁國林也是。

編輯部：演虞姬的李維康……

謝銳青：李小姐也是中國戲曲學校的畢業生，年紀比我輕，是文化大革命初期畢業的。

多作努力

史若虛：那麼請講一講現時學校的情況。

高盛麟：學校總沒法逃過「四人幫」的破壞呀！

蕭盛萱：「四人幫」全面破壞，江青打起「京劇革命」旗號，蓄意破壞，給京劇以沉重的打擊。把以前的傳統劇目，全部列為「毒草」，所有名演員都被目作「黑幫」，任意侮辱。

謝銳青：年紀大的演員當然不好過，就是年輕的演員，也遭遇到噩運。剛剛提起過的中國戲曲學校的李維康，當時還未夠二十歲，尚未畢業。她的成績十分好；卻遭遇到被看作修正主義的繼承者與黑苗的命運。「四人幫」還說戲曲學校的學生在中南海的中央指導者面前上演京劇，是向中南海放毒，真是荒唐無稽！

傳德威：京劇教育被逼中斷，老資格的教師被關進牢監，受到迫害而死亡……

荀令香：那時還有招收學生，但是禁止教授傳統劇目，學校一律是教授「樣板戲」。可是不教學生的基本訓練，無論學多久，都無法站得上舞台去。

蕭盛萱：那時候，我的心中可真受不了，我想京劇是否走到了末路。

史若虛：有十年，完全荒廢了一個輩份（京劇教徒，以十年為一代）。現在我們跟時間競爭，盡量把京劇恢復過來。如果不是這樣，京劇就會滅種。

高盛麟：在現在的京劇界中，我們是老一輩了。接我們捧子的，是解放後培養過來；換言之即是謝女士的一輩，現在他們也有四十左右了，就是年輕一點的，也過了三十。說到更年輕的，便是剛入學的十歲的一代，至於二十歲的一代完全欠缺。幸好我們還生存著，為了年輕人，我們不惜拼老命，加緊培養新一代，製造京劇的繼承者。那意義正如蕭先生剛才所講，正是「趕得上可真好」的感受。

荀令香：國家也重視我們的工作。國務院決定將我們的學校昇級為大學，補充教師，充實一切。以前的中等專科學校，是行七年制，畢業後可入大學部進修。同時也擴大招收學生。

史若虛：擔在我們肩頭上的任務可十分重大。正好，我們全部有做老師的經驗，而且大家都以無比的決心，為了京劇藝術，培養優秀的繼承者。

傅德威：現在我們已在學生當中，發現了許多有天資的人。如果能好好培養他們，將來必定會出現優秀人材。

史若虛：今天晚上，學生們在這裡演出京劇，你們欣賞一下，便會知道的確有我所提起過的學生在內。

蕭盛萱：看學生們的成績，真是高興。

編輯部：我們也有同感。

史若虛：那麼，座談會就到此為止。吃過飯，便看學生們做戲吧！請《人民中國》（雜誌名）代我們向關懷中國京劇的日本朋友問候他們！京劇已有後繼者。

編輯部：謝謝各位今天的光臨。

譯於七九年八月四日夜

後記：四十多年過去，京劇變成怎麼樣？我不知道，你們知道嗎？

金庸小說在日本

許多年前，興起過把金庸武俠小說翻譯成日文的念頭，奈於日語水平有限，此事作罷。

七十年代中，大阪外語大學相浦杲教授來港演講，我與他談起翻譯之事，相浦教授表示有興趣，我就寫信跟金庸聯絡，很快「明河」社就送來了全套金庸小說，我把它們轉贈相浦教授。兩個星期後，相浦教授約我去大會堂茶敘，席間他說：「我把金庸先生的小說看了大半，很精采，可以翻成日文，在日本試試。」於是他跟我提出了翻譯的條件。

受人之託，義不容辭，我又把條件開列給金庸。過了兩天，收到金庸回條，大意是說：「翻譯的條件最好以版稅計，寧可版稅訂得高一點，這樣對彼此都有保障。」言下之意就是先要相浦教授作翻譯，書成發行，才作酬勞上的計算，當時我就以為有點不妥，但仍硬着頭皮跟相浦教授說了，看看他的反應。相浦教授是一個儒者，聽了，微笑地說：「這個很好，我考慮一下。」此事就沒有了下文。如果當年金庸的條件並非如此，相信金庸小說的日譯本，早在日本問世。

事隔二十年，金庸小說日譯本，終於在日本問世，譯者是早稻田大學中文系教授岡崎由美，出版社是「德間」書店，那是日本有名的出版社，足見日本文壇對金庸小說的重視。岡崎由美翻譯的是《書劍恩仇錄》，精裝本四卷，九六年出版以來，已四版發行，銷路不俗。一擊得手，《碧血劍》乘時推出，由岡崎由美監修，小島早依翻譯，兩卷，九七年四月發行。接下來的是《俠客行》，三卷，土屋文子翻譯，九七年十月發行。最新的譯作是《笑傲江湖》，只推出第一卷，小島瑞紀翻譯，九八年四月發行。

從上述資料看來，自九六年到九八年四月止，短短兩年，「德間」書店已出版了四種金庸小說的日譯本，反應如何，不妨聽聽專家們的言論。名文學評論家秋山駿次——「聽說金庸憑藉他的武俠小說，在漢字圈中成為了最暢銷的作家，我只看了他的第一作（指《書劍恩仇錄》），就深深地佩服。」岡崎由美說——「金庸先生的小說是第一流的，不過，日本讀者的反應是金庸寫女主角要比寫男主角好。目前，香港的武俠小說剛在日本發足，離掀起高潮，還有一段日子。」我看到了岡崎由美這段說話，不由心中一凜，這到底顯示了什麼呢？

「金庸寫女主角要比寫男主角好」，看似是褒詞，實則反映了一個事實，就是日本讀者並不太同意金庸對男性人物的描述。一直以來，日本都是以男性為主的社會，在各類文學作品中，雖也有以女性為主體的小說出現，究非主流，尤其是武俠小說（日本稱作「時代小說」），更是着力歌頌男主角的英雄事蹟，像柴田錄三郎的《眠狂四郎圓月劍》，佐澤世保的《紋次郎》，就是最典型的例子。

在日本武俠小說裡，女人大多是男人的附庸，是受保護的動物，哪有像金庸筆下的女主角那樣，刁蠻任性，孤芳自賞，將男人踩在腳下？日本讀者，尤其是男性讀者，看到了乾隆對香香公主的依戀，袁承志對師妹的軟弱，難免全身起疙瘩，大不以為然了，抗拒之心，隨之而生。

五月下旬，有一個武俠小說研究會議在台北舉行，與會者，有美日韓台的專家。席間，岡崎由美發布了一個消息，將會翻譯一系列的古龍武俠小說，包括了膾炙人口的《流星蝴蝶劍》和《天涯明月刀》。岡崎由美表示——「古龍小說中的人物，男主角大多是風流倜儻的浪子，處事不依常規，這在日本的武俠小說裡較少出現，相信會受到日本讀者的歡迎」，弦外之音，不言而喻。

還有，今趟出版古龍小說的出版社，已非「德間」書店，而是改由「小學館」接手。而書的裝幀，也由精裝本轉為平裝本，欲求普及。出版社的變動，體現出兩個可能性：

（一）「小學館」以高價奪得古龍版權。

（二）「德間」書店放棄權利。

個人推論，如果金庸小說能在日本掀起熱潮，作為出版香港武俠小說的第一家

● 金庸小說日譯本

出版社的「德間」書店，斷無可能放棄到口的這塊肥豬肉，必然把古龍的譯作也攫在手裡，更何況監修古龍武俠系列與金庸武俠系列的，又同是岡崎由美呢！我有上述疑慮，可能是杞人憂天，金庸小說若能在將來的日子裡，在日本文壇發出萬丈光芒，這是我所最樂見的。

九八年夏作

櫻之卷

我與推理小說

七五年深秋，我寫稿尚未成專業，興之所至，隨意塗鴉，於題材選擇，幅度頗廣，未受時空之限制。其時，《幸福家庭》的編輯約我寫小說，一篇以七八千字為度，就長度言，實乃短篇小說也。我於小說，雖非門外漢，興趣未若雜文之濃，欲拒之，編輯堅邀如故，無已，遂開始構思奇情小說以變換讀者之口味。

當時腹案中本已有一個擬好的故事，大意是述一個風塵女人遭人殺害，兇手不彰，至最後為女之恩客所偵悉，冤始得雪。以橋段言，頗感其陳舊，寫了千來字，覆看一過，自覺汗顏，唯有再從頭做起，然而時間已越來越逼促，編輯電話一日數至，百思莫得其計，便從日文書籍中蒐求資料，因偶及松本清張的短篇推理小說集，得了靈感，遂搬字過紙，做起翻譯工夫來矣。

這是我翻譯日本推理小說之開端，譯後布刊，效果不顯，讀者了無反應，推理小說翻譯因而只在《幸福家庭》刊登了一趟，便如斷綫紙鳶，一飛冲天去矣。

七六年春，生活頗苦，除譯政論若干，入不敷支，閒中頗思多賺外快。時《星島日報》副刊闢有頭條，標明園地公開，投稿歡迎，陳年廣告，對我卻殊有吸引。心想管你園地公開與否，投稿歡迎與否，反正想賺外快，姑且試他一試，成敗懸乎天意，總比守株待兔的好。

當下又翻了松本清張的〈卷頭句之少女〉以窺自己命運。〈卷頭句之少女〉是日本文，後恐讀者不明，遂自改為〈巧佈殺人計〉，小說分四回，每回二千五百字，計得一萬字，寄出後，徬徨極矣，蓋恐會有石沉大海之虞也。

〈巧佈殺人計〉見報，時已在同年六月，相隔投稿日期凡三個月，可見推理小說仍未受應得之重視。

我經此兩趟教訓，感到十分不快，無意再模索下去，嗣後，投稿《星島》，亦無非是寫一些「私」小說形式的小說以騙稿費而已，人病其枕畔私語，實則乃個人生活經歷，內心囈語也。

同年冬，又因偶爾機會，故調重彈，一口氣翻譯出戶板康二的〈L夫人的畫像〉與梶山季之的〈毒計〉，分投《星島晚報》與《日報》，幸獲青睞，於短期間內，即獲賜刊，我獲此鼓勵，本可接續再譯下去，無奈稿債漸多，不克應付，加之推理小說翻譯既無固定地盤，可以拖欠，日久積怠成習，久久未再能譯出一文。

七七年間，終年為無事而忙，這一年過得太過平凡，文稿寫得雖多，唯無一有滿意者，而面對案前，望着原稿紙，手在動，而心實神遊太虛，不知所寫何物，這種種情形，輒有發生，思潮未能獲適當休息，運用起來，往往有趦趄不前的窘況，別說推理小說，既要找資料，又得細看，即便是隨意所寫，身邊瑣事皆可成對象的隨筆，亦寫來如老牛攀樹，吃力得很。

這年年底，《明報》蔡炎培兄忽來要我寫稿，蔡兄曰：「你可翻譯推理小說，情節懸疑，佈局巧妙，應可博讀者閱讀之興趣。」於蔡兄有此建議之前，某趟飯局，倪匡兄亦曾齒及推理小說云：「推理小說乃我最喜讀的小說，余意以日本人所作最佳，有陳舜臣者，推理寫得頗不俗，你應該走走這條路。」告以「無固定地盤」，倪兄即拍起胸膛，願代籌謀，條件則是我必須加緊工作，不能有脫稿之舉。

於是，一九七七年十二月間，我開始翻譯推理小說，第一篇譯作是橫溝正史的〈睡新娘〉譯出後，倪兄曾撰文予以評論，反應初有，頓感鼓舞，於是拼命蒐集資料，挑燈夜唸，唯千百篇珠玉，刺得我目眩頭暈，千揀萬擇，仍不知從何下手。

〈睡新娘〉後，接續譯出者是松本清張的〈襪子〉（刊登時改題《徐娘的襪子》）。〈襪子〉寫中年男女偷情，嚴格而言，非屬正宗推理小說之範疇，但是所描述有關男女偷情時之心理變化，條分縷析，足稱鞭辟入裡而無愧。小說以一隻襪子穿在投河而死的女主角腳上，另一隻襪子則投於慶幸從慾河裡獲解救過來男主角家中的信箱裡面為結局，不但含有強而有力的批評，還播下令人思索的種子，這是松本清張短篇小說的風格，既關懷現代人物的感情，同時更兼顧對現實社會的批評。

翻譯推理小說以來，每遇友朋，無論相熱初識，總愛向我提問有關推理小說的一切，問題來自四方八面，有時很覺難以應付。說句坦白話，我對推理小說，認識殊淺，目下仍在學習階段，扳不上答客問的資格，可是朋友盛情厚誼，又令我不能不聊作回答，對此近乎敷衍的回答，思之甚感惶慚。

有人問我因何會開始讀推理小說，我想此乃眾多問題中，唯一是我能不悖良心坦率相答的。現在趁此文將告結束之際，略述其源，至於有關其他問題，諸如推理小說於日本始於何時，盛於何時，流派有幾等等，他日有暇，當另文細述。

我讀推理小說始於一九七三年夏秋之間。其時我病腰，情況雖不很嚴重，渡邊醫生卻苦勸我要停止學業，到箱根一帶靜養一個時期。當時我乃苦學生，不能像有錢人家弟子動輒休學四出遊玩，幸好我的誼母岡本太太在伊東山上有間小屋，平日乏人住居，我有病，正好到那裡小憩靜養。誼母子女皆外住，一個人很感寂寞，於是便自願伴我到伊東山上去。

長日無俚，無以自遣，於是看書成為我主要的娛樂，其時我嗜讀谷崎潤一郎與小栗風葉的著作，文辭艱澀，看時非藉字典之助，則不能下嚥，誼母見我太過辛苦，跑到山下，給我買來一大推理小說書籍，供我瀏覽。推理小說家的文筆自無純文學家的考究，閱時可把字典棄於一旁，賞心悅目的讀。

這一讀，終叫我入了迷，自此一發不可收拾，養病三個月，前後看了百多部小說，平均一日部餘，所看過的作家，包括松本清張在內，也有三、四十家，唯予我以深刻印象者，捨松本清張外，則僅有三好徹、戶板康二、橫溝正史、森村誠一諸人。上述各人，作品風格容或有異，但特色別具，則是千真萬確的事實，書海茫茫，真不知何年何月何日方能覽盡推理小說！

武者小路實篤淺談

武者小路實篤生於明治十八年（一八八五）五月十二日，卒於昭和五十一年（一九七六）四月九日，終壽九十一。實篤生於閥閱之家，父武者小路實世為子爵。實篤兩歲喪父，藉其父餘蔭渡過童年生活。明治二十四年入學習院初等科，怯懦怠懶、學業不佳，尤以作文一科，得分最低。十八歲，入中等學科六年，始讀托爾斯泰著作，旁及聖經。這時，日本捲起社會主義思想風潮，倡導者幸德秋水著書甚夥，實篤購來細讀，頗受影響，凡此皆為實篤思想形成上的重要一環，且亦為日後「白樺派」精神的奠基。明治四十三年，《白樺》創刊，同人有志賀直哉、正親町公和、木下利玄、有島武郎、里見導，長與善郎等文壇主將。《白樺》標榜人道主義與理想主義，大異於當時文壇上所倡行的自然主義，因與芥川龍之介等的「新思潮」同時成為大正文學的主流。

《白樺》同人多出身於資產階級，雖有滿腔熱情理想，對社會陰暗面的認識，往往「心有餘而力不足」，儘管所標榜者是如何廣宏樂觀，最後亦不免流於淺薄。實篤既為《白樺》派重鎮，初期作品如《樂觀者》所流露的理想追尋與強調自我意識，便甚濃烈。廣津和郎論及實篤的思想時說——「武者小路的自我批判只停留在正義或者是人道上」，可見那時實篤人生觀與世界觀的淺薄與安逸。

《白樺》創刊後，實篤發表不少強調「自我」的作品。《樂觀者》與《不知世間》便是這時期的力作。大正七年實篤糾集十來個同志創立「新村」，在日向一地覓得土地，著書立說，思想漸由「自我中心」移向「人道主義」。在新村中所寫的傑作《友情》中，實篤便很坦率的展示出這種新傾向來。昭和初期，文壇風氣已為普羅文學所掌握，實篤改而多做傳記體小說，閒時並提筆作畫。昭和十一年，實篤五十一歲，周遊外國研究各國美術，歸國後寫了不少有關羅丹等後期印象派大眾藝術的文章，對啟展畫風產生莫大裨益。中日戰爭釁起，實篤被捲進戰爭漩渦裡，一如佐藤春夫那樣助紂為虐，發表歌頌侵略中國文章〈大東亞戰爭我感〉。日本敗戰，實篤受到逐職處分。實篤失官，復再埋首創作，寫成《混蛋》與《混蛋之死》、《真理先生》等小說，然而作風如昔，樂觀奔放，強調自我，與現代社會、政治、階級頗有脫節，因而並不廣獲好評。

實篤的思想，嚴格而言，大約可分前中後三期。第一期為《白樺》創刊以前時期。當時實篤深受托爾斯泰影響，提倡理想主義與人道主義。實篤出生於貴族世家，養尊處優，自不待言，讀得托爾斯泰著作，深感階級特權的不當，在《某男》一書中云——「因為看了托爾斯泰，才全盤否定自己的生活」，又云——「現在的社會組織並不健全」。明治三十九年，實篤在日記中云——「為了要打破世間上不合理的事情，我深感要獻奉上我的一生，在我而言托翁的書是令我煩惱的書」。由此可見，實篤之所以創作，純然是為了要表達個人的理想。第二期是《白樺》創刊期，實篤開始懷疑托爾斯泰所說，並於同時又因憧憬梅德露琳那種獨特的田園風味，欲把梅德露琳的田園風格，跟托爾斯泰在《復活》裡所表達的道德思想合而為一。明治四十一年，實篤終於放棄托爾斯泰主義，確立《白樺》思想。第三期是實篤一生中最大的轉變時期。實篤的思想，雖云混雜了人道主義、理想主義與田園主義，對社會主義的科學理論認識甚淺。實篤的所謂「社會思想」，其實就是他個人心目中為建設理想社會的「理想小國」。由乎此，實篤於大正七年八月糾集同志十九人在宮崎縣日向創立「新村」。「新村」生活甚有規律，六時起床，七時起迄五時止農耕勞作，十時就寢，月之第五日為休息日，同時又以耶穌、羅丹、托爾斯泰的生日為假日。晚上與假日，村民可隨意創作繪畫，實行「勞動」與「藝術」調和。這是實篤畢生思想的精粹。

武者小路實篤最近去世後，日本文學界對他的批評，譭譽不一。我讀過武者先生的作品並不多，總以為實篤在小說創作上的業績，實難與志賀直哉相比肩。在近代日本文學史上，實篤無可否認的有他的超然地位，卻不能說是一個偉大或者是優秀的大作家。

七六年四月十七日寫

後記：重看此文，頗訝於當年對日本文學的追求，反觀此刻，名心日重，棄文學不顧，實為罪也。

西城

二〇二三年五月十七日

●武者小路實篤晚年照

●《白樺》創刊號

迷失、彷徨的村上春樹

每年十月，日本文壇一片熱鬧，評論家和讀者都在翹首期待第三位諾貝爾文學獎的作家來臨。人們議論紛紛——「這一屆，村上春樹大抵會得獎了吧！」打二〇〇九年開始，村上春樹就成為諾貝爾文學獎的入圍常客，每趟傳媒傳來的消息，如出一轍：村上已入圍最後五名，而且是獲獎的大熱門。熱切期盼，換來失望，得獎作家，不談作品水準，聲譽都不如村上春樹。村上熱風吹刮勁烈，卻撈不到諾獎。前年二〇一五年各方消息顯示，村上會獲頒此屆文學獎，於是日本人幾已熄滅的心又烘熱起來，卻教白俄羅斯女記者亞歷塞維奇摘冠，文壇遍地眼鏡碎。富武士道精神的書迷死心不息，去年續追星：

村上春樹將有望是第三個奪諾貝爾的日本作家！結果呢？嘿嘿！爆個冷門，美國歌手卜·狄倫受賞，村上再一度無緣諾獎，於是乎日本的文學評論家議論又起。「議論」多屬負面，不獨沒同情，尖刻唾罵如雪花般飛來。看了，低徊感觸。

根據諾獎傳統評選標準，歐美以外諸國作家要進候選名單，條件之一便是要有英譯本，當然，譯本越多，獲獎的希望越大；另外，能得到其他地區國際文學獎，也屬入圍的必然性。村上小說，世界各地譯本甚夥，英語外，有中國語、韓國語、法語、德語……等，打〇六年起先後獲得了卡夫卡文學獎、耶路撒冷文學獎、一三年雅典文學獎、一四年德國世界報文學獎，最近又得「安徒生」文學獎，綜合言之，質與量都符合入圍甚而得獎的標準。既然如此，緣何總跟諾獎擦身而過？我曾在〈村上春樹失意諾獎〉一文裡，作過如下的分析：

日本橫濱市立大學講師助川幸逸郎在一篇題為〈容易奪得諾獎作品〉的文章裡這樣說——「大凡反戰、批判體制等政治思想明確的作家，都較易得到諾貝爾文學獎。春樹雖有『高牆與雞蛋』的演說和反核宣言等口頭言論和隨筆，傳達了他的思想，只是春樹的小說是『體驗型娛樂』，將政治上、思想上的選擇付託與讀者。故此，春樹雖廣為世界認知，在要奪取諾獎上，卻有了負面的影響。」這只道出了村上不獲青睞的部分原因，並不全面。

最近日友市橋傳來不少關於村上失意諾獎的評論，其中有數點值得注意，有評論家謂，村上七九年憑《聽風的歌》冒出，到八七年的《挪威的森林》爆紅後，成為日本文壇新一代偶像，小說、隨筆俱入暢銷榜，同時也受到海外各國讀者的追捧，水漲船高，譯權費驚人，舉例言之，中國的翻譯權一本是七百萬港幣左右，韓國更高，超過八百萬而近一千萬。一三年的《沒有色彩的多崎作和他的巡禮之年》發行僅一星期，銷量高達一百萬部，銷量大，卻被文學界評定為失敗之作。一四年《沒有女人的男人們》跟「前作」同一命運，劣評如潮。迭遇蹇運的村上眼見不妙，閉門寫出《作為職業的小說家》，自我辯白，卻被一眾評論家譏為「一貫的辯解」，了無新意，既不獲書迷的讚賞，又失去文學評論家的認同。評論家為何輕蔑村上的小說？這跟日本的純文學傳統有血緣關連，日本純文學素有兩大流派，一是專事描述個人身邊生活的「私小說」，另一就是純出自杜撰的「正統小說」。「私小說」派的大家有田山花袋、志賀直哉、葛西善藏、瀧井孝作和上林曉；「正統小說」派的代表人物是夏目漱石、谷崎潤一郎、芥川龍之介、三島由紀夫和大江健三郎。助川幸逸郎在《謎般的村上春樹》一書中這樣說——「眾所週知，『正統小說』派的作家，遠比『私小說』派的有名，看最終學歷，『正統小說』派多是東京大學畢業，而『私小說』派的不少不曾唸過大學或中退。」由是看來，日本文學界有着厚此薄彼的觀念。我們不妨看看村上小說的主要內容，助川幸逸郎曾這樣說——「春樹的小說裡，大多描述現實世界裡不會出現的『那一側』（靈幻）事情，在一篇叫〈鏡〉的小說裡，主角在深夜的中學校舍裡看到自己的分身。」村上在小說的結尾這樣說——「其實我沒看見幽靈，我所見到的是我自己。我對那夜經歷的事情至今猶不能忘記！」說得沒錯，自此「靈幻」就成為了村上小說中的主要元素。評論家大塚英志是村上文學專家，申述了獨特的看法——「村上春樹的小說裡以《人造衛星的情人》、《黑夜之後》為首，登場的女性人物都會漸漸成長，獨有男性的性格卻走不出相同的境地。」那就是說，村上擅於描寫女性，而不長於刻劃男人，由是，兩性關係失去平衡，削弱小說藝術性。助川幸逸郎完全同意大塚君的說法，並加以闡釋云——「春樹的小說並非是『傳述作者主張的媒體』，而是讓讀者接觸深藏小說裡面『現實靈幻』的一種體驗型娛樂。春樹寫這些小說，並無顯示自己想像的『男性理想形象』，而是希望通過他的作品，讀者憑自己之力尋找答案。」根據這兩種客觀評論，村上的小說在日本大抵早被界定於「娛樂小說」的範疇裡，連芥川獎都捨棄他，這又如何能獲諾獎評委青睞！

我看村上小說始於《挪威的森林》，原著、譯本都看過，印象是：「超越一般流行小說，惟尚未列名家殿堂」，興趣不濃。一〇年起，日友們屢屢來函推薦村上春樹，勉從之，陸續拜讀了《黑夜之後》、《1Q84》和《沒有色彩的多崎作和他的巡禮之年》，感覺上都不如《挪》書。村上春樹的作品，誠如黑古一夫所言乃是「後現代文學」，對日本近代文學自明治二十年代確立的「人類（個人）處於世界該如何生存」的議題，存在於社會、歷史上人類的生活方式，村上春樹文學裡都無觸及和刻劃，雖然描寫發達資本主義社會裡的「喪失感」、「疏離感」、「孤獨感」，匠心獨運，妙刻毫巔，讓村上萬千寵愛在一身，只是對心存「喪失感」和「孤獨感」的年輕讀者，村上文字並沒有道出生存的指針，令人感到只是一味地消極追認存在於個人文學世界裡的現狀。大江健三郎欣賞莫言，舉薦他參與諾獎，對同胞村上，並沒予以青睞，反之評曰：「村上春樹的文學特質是對社會或是個人生活的身邊環境，並不採取主動姿態，不獨完全沒抗拒從風俗環境傳來的影響而且全盤接受……這就完整無遺地暴露出自己內在的夢想世界。」透過各方評論，體現出現時的村上春樹已陷入了迷失彷徨之途，近作如《沒有女人的男人們》，又重回早期作品的窠臼，在這種「迷失、彷徨」狀態的驅使下，村上春樹無疑跟諾獎漸走漸遠。

除了「迷失、彷徨」，村上成名後又出現了言行不一致的行為，〇九年在取得耶路撒冷文學獎時所發表的「高牆與雞蛋」偉論，傾向同情巴勒斯坦，搏得世人高度讚揚，然而在後來的巴以戰爭中，卻再沒有任何發言和行動。日本大地震，「福島核洩」事件，村上春樹在獲得「加麥隆尼亞」獎時，發表講演，堅決反對核試驗，可是對於後來的福島事件卻再不置一詞。日本傳媒咸以為這種言行不符的態度，是直接導致村上落選諾獎的主要原因。

我曾經說過，任何純文學作品，都得植根於本國泥土上，離國而行，難入大家法眼。細閱村上文學，就是欠缺了「根」，也就正如日本文學評論家黑古一夫所說「無國籍性」。川端康成細緻描寫日本的自然跟傳統文化的關係，體現日本人的苦惱和哀愁，遂構成特異的「川端文學」，村上春樹當無法與之比擬。魯迅詩云（易一字）：「運交華蓋欲何求，未曾翻身已碰頭」，正是此刻的村上春樹。

從新感覺派到新興藝術派

前言

紅野敏郎在《明治之文學》卷首曾經有過一番感嘆說——「近代日本文學的發展、實非簡單，此乃猶如沒有羅盤的船，彷徨、奮鬥於暴風雨中。在這趟航海旅程裡，日本由封建制度進入近代資本主義，受西洋文學怒濤與近代日本社會急激變化所侵擊。在整個過程中，所得所失，自亦多有。」以紅野敏郎對日本近代文學研究之深，所發如上述的感慨，當然有所根據，而事實上短短一百年間的日本近代史，其繁複錯雜，直如一部廿四史，教人不知從何着手才能理出一個頭緒來。

日本自明治維新以降，西學東漸，江

戶近世文學那種功利主義，逐漸為有識之士所摒棄，加以一般時人崇洋成狂，因之文學的格式，陸續西傾，而坪內逍遙所著的《小說神髓》，便是一部以西洋文學理論為主而寫成的小說理論。逍遙所提倡的「小說以寫人情為主」，以現時的標準看來，自非新意，惟在當時，卻是一服對症下藥的良劑。逍遙之後有二葉亭四迷，尾崎紅葉等輩總其成，至此日本近代文學已具初步基盤。

明治三十年，浪漫主義成為日本文壇的主流，泉鏡花，國木田獨步以哀怨古怪筆觸，寫男女之間的情事，其細膩動人之處就連尾崎紅葉的《金色夜叉》也有所不如。浪漫主義的下一個浪潮便是自

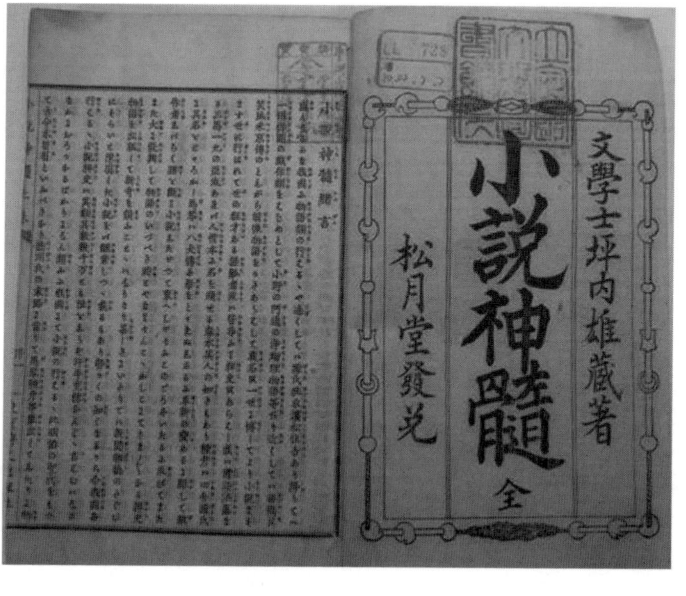

● 坪內逍遙的《小說神髓》

然主義。以文學發展的標準來衡量日本近代文學的擴展，明治四十年代自然主義盛行之期，乃就是日本近代文學收穫最豐富的時刻。著名作家島崎藤村、田山花袋、德田秋聲、岩野泡鳴、正宗白鳥、夏目漱石、森鷗外，都是這一時代的巨匠。夏目漱石、森鷗外對中國五四時代的作家的思想，啟發頗大，其中尤以曾經留學東洋，如周作人、魯迅、郁達夫等所接受的影響更深。魯迅的筆觸很見諷刺的氣味，周作人說他有部分得自夏目漱石的薰陶。至於周作人他自己，所受的影響就更多。收錄於《立春以前》一書裡面的〈明治文學之追憶〉中云——「我與日本文學的最初的接觸，說起來還與東京朝日新聞有關……那時夏目漱石已經發表了《哥兒》，繼續寫着《我是貓》，不久辭去大學教授，入朝日新聞社，開始揭載小說《虞美人草》……夏目以外我所佩服的文人還有森鷗外……森氏著作甚多，我所喜的也只是他的短篇，收在《分身與走馬燈》、《涓滴》、《高瀨舟》以及《山房札記》各集中。」

自然主義火頭正盛之際，東京帝國大學（即東京大學）出版了第二期《新思潮》這本同人雜誌。這時正是明治四十三年的九月。《新思潮》的編輯包括了後藤末雄、木村莊太、大貫晶川、和辻哲郎、小泉鐵與谷崎潤一郎。雜誌的內容，十分傾向於闡揚耽美主義的雜誌《昴》。耽美主義跟以標榜自然主義的《早稻田文學》是文壇上的死對頭，《新思潮》接近《昂》，也就表示了年青一代的作者，對把持文壇的巨匠——自然主義作家底不滿。《新思潮》的編輯到後來各有所歸，能夠自始至終都死守着「耽美主義」崗位的，大概就只有谷崎潤一郎一個人。

步入大正初期，武者小路實篤與志賀直哉倡導白樺文學，而有島武郎亦附其說，一時白樺主義挾其風捲殘雲之勢，籠罩着整個文壇。在大正的文壇上，芥川龍之介的出現，是非常令人興奮的。大正三年二月第三期《新思潮》創刊，同人有豐島與志雄、山宮允、山本有三、久米正雄、芥川龍之介、菊池寬、成瀨正一、松岡讓、土屋文明、佐野文夫等十人。至大

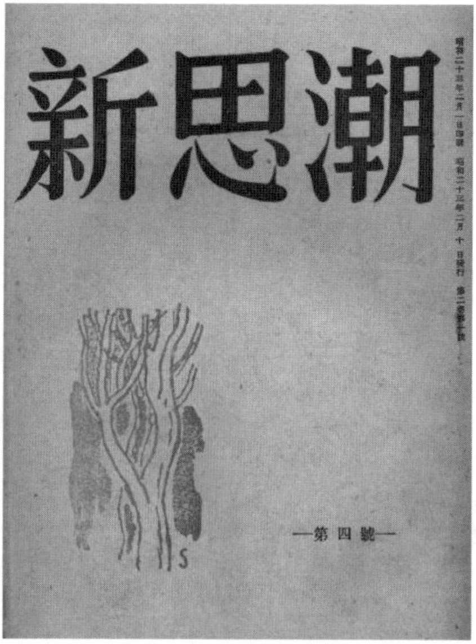

《新思潮》書影

正五年二月第四期《新思潮》出版，成員只剩下芥川、久米、菊池、松岡與成瀨。第三四期的《新思潮》，成就了一種「理性」主義，在大正初期跟君臨文壇的白樺派相頡頏。理性主義的代表人物是芥川龍之介，這位天才橫溢的作家，所留下的雖然都是短篇小說，在文學上的成就，卻是無可估計的。

大正末年，普羅文學蠭起，而在同一方面，新感覺派與大眾文學亦乘時崛興。大眾文學流傳於一般民間，跟前二者並無抵觸，倒是普羅文學與新感覺派的思想立場不同，基於「異端」的潛意識作祟，相互攻訐，形成一場不大不小的論爭。新感覺派發動於大正十二年，至昭和二年，即

●《新思潮》第四期編輯，左起：久米正雄、松岡讓、芥川龍之介、成瀨正一

告矢折。新感覺派的餘緒未幾即為新興藝術派所繼承。本文所要敘述者，就是由新感覺派到新興藝術派期間的演變過程，而其中也牽涉到新感覺派與普羅文學論爭的這個問題。

新感覺派的興起

在整部日本近代文學史裡，新感覺派只是一個小環節，但是麻雀雖小，卻有完整的五臟。在普羅文學擁有極大勢力的時候，新感覺派敢挺身而起，與之爭論，其中不乏意氣相爭，但是那種忠於文學藝術之精神，實非以文學為名，實質以之為政治工具的普羅文學所可比。

大正十二年（一九二三）九月一日，關東一帶發生了空前未有的大地震，東京經此巨災，有大半地方皆成灰燼。這時，人心惶惶，市面更且流傳出暴動將至的流言，再加上大杉榮、伊藤野枝、平澤計七等無政府主義者的無故被殺，整個東京早已陷於極度徬徨與混亂中。關東大地震給予文化精神界一種很大的打擊，《白楣》與《種蒔人》（普羅文學雜誌）等，已相繼停刊，與此同時，知識界中又盛行起「天降大災」的末世頹廢思想。

然而正當人民被這種跡近迷信的末世思想所侵蝕時，東京的復興工作卻是進行得出乎意料之外的順利。很快面目跟昔日迴異的新東京便展現在日本人的面前了。滿街通巷都是外國形式的建築物；電影院、咖啡館、公共飯堂、更如雨後春筍，開得四處都是。昔日的古風，幾乎已全為物質文明所褫奪。

地震本來是帶給日本一種徹底的破壞，但在另一方面來說，地震隱藏着「破舊立新」的意義。因為地震，許多受傳統所束縛的人民都很輕易的從羈絆中釋脫過來，接觸到西洋的文明。

新感覺派的發源，正是在大地震過後的不久。在日本近代文學史上，有許多評論家鑒於新感覺派與地震的關係，嘗稱之曰「地震文學」。新感覺派的成員本身亦毫不忌諱這樣的稱呼，他們自己也表示新感覺派所宣揚的正是一種「都市主義的文學」，換言之，新感覺派與現代都市間，實在有密切關連的。它可以說是都市文明的產物。

新感覺派的機關雜誌叫做《文藝時代》，創刊於大正十三年(一九二四)十月。最初的成員有橫光利一、川端康成、中河與一、片岡鐵兵、石濱金作、伊藤貴磨、加宮貴一、今東光、佐佐木茂索、佐佐木味津三、十一谷義三郎、菅忠雄、諏訪三郎與鈴木彥次郎。後期又加入了岸田國士與稻垣足穗。成員中，許多都是菊池寬主編的《文藝春秋》的中堅分子。

《文藝時代》的主旨是在「打開沉滯文壇的新局面」，不過由於猝然創刊，各人的意識形態與方向性都並不一致。在創刊號中，川端康成、今東光、中河與一、橫光利一與片岡鐵兵都發表了短文章，但是這些文章都沒有一定的中心思想，更遑論什麼共通的主張。依照當時的文壇形勢來看，新感覺派有可能礙於菊池寬的面子，未敢過於強硬反對文壇上舊有的勢力，所以才閃鑠其辭的吧！

《文藝時代》發行之後，所得到的反應是非常的熱烈。千葉龜雄歸納了他個人

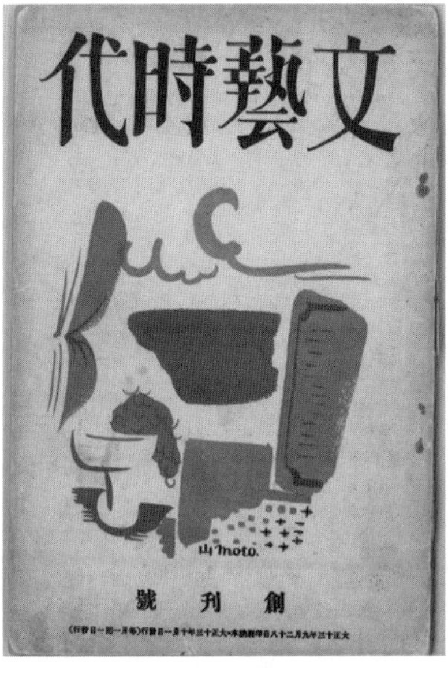

●《文藝時代》創刊號

對《文藝時代》的印象，以「新感覺派的誕生」為題，在《世紀》雜誌發表了文學批評。《文藝時代》的同人很欣賞千葉龜雄所標榜的「新感覺派」這四個字，於是就決定以此來命名。然而橫光利一認為《文藝時代》所推行的文學運動，還在學步階段，方向未定，所以並不贊成用「新感覺派」來概括整個運動的內容。橫光利一是新感覺派的最重要人物，自《文藝時代》創刊以來，他那獨特的文體，替新感覺派帶來一種共同的風格，從此以後新感覺派的成員都在努力發展這風格，並且欲使之理論化。

理論與作品

新感覺派的理論運動始於《文藝時代》第三期。片岡鐵兵在這一期裡寫了〈告年輕的讀者〉，掀起新感覺派作品理論化的先河。

片岡鐵兵的論調主要是圍繞着創刊號上橫光利一一篇叫做〈頭與腹〉的文章，向提出對這文章責難的批評家施以反擊。橫光利一的〈頭與腹〉，一開頭便這樣寫——「是晌午時分。特別急行列車坐滿了人，正全力向前飛馳。沿途的小站，同當作是石頭一樣地毫不被受到理睬。」這種寫法，側重文字技巧，很為當時批評家所詬病。片岡鐵兵認為這篇文章表現了新時代的新感覺與新生活，並非一如批評家所指責的「空白無理，故示奧奇」。片岡的文章發表後，廣津和郎便在《時事新報》上提出反論，認為「橫光利一的筆觸跟整篇文章毫無關涉，所謂新感覺與新生活，徒流露出輕薄的意識形態」，廣津和郎同時對創刊號裡面片岡的文章，加以揶揄，指為「空洞無聊」。片岡鐵兵自然不能忍受這種嚴厲的指責，於是熱烈地提出反駁。片岡跟廣津的筆戰、由於後來又加入了廣津一派的生田長江與新感覺派的伊藤永之介與稻垣足穗等人，遂演變為新感覺派與文壇原有勢力的論爭。

然而在論爭中，新感覺派所能提出駁斥的理由，僅是感情洋溢的口號，沒有像樣的理論來作依據。綜觀壽命只有四年的新感覺派的所有作品中，跟理論稍沾着關係的，就只有大正十四年（一九二五）一月川端康成所寫的〈新進作家新傾向的解說〉與二月橫光利一所發表的〈感覺活動〉兩篇文章而已。川端的文章主張把新感覺派的軸心放在寫實主義之後的主觀解放裡；橫光則認為新感覺主義應該是按照理知，再度重演感覺的運動。川端與橫光的理論主張，對新感覺派是有一定作用的。嗣後赤木健介與伊藤永之介一班新進批評家，又意圖調和新感覺理論跟馬克思思想，但是總歸徒勞而無功。以一個文學派別的理論運動而言，新感覺派僅擁有兩篇具建設性的理論文章，顯然是不夠充分的。

新感覺派的成員，許多都受到大正時期芥川龍之介等大正理知派的影響，與此同時，他們又接受了第一次世界大戰後歐洲達達主義、超現實主義，表現主義、未來派等前衛藝術運動的洗禮，因而熱衷於新技術的嘗試，致使在開展新感覺派時並沒有好好思索所謂西洋現代文學的實質，職是之故，新感覺派的成員，對現代文學的認識，正應了向他們提出批評的文學家所說的「那樣膚淺與無知」了。

新感覺派的作品，在當時來說，的確是有點標奇立異。正如〈頭與腹〉開頭一樣，所構造的句子完整地打破了日本文法的常規，用句的奧奇，不依常規的跳躍，不但刺激了讀者的感覺，而且也塑造出新奇的角度。新感覺派一向的努力所在，是於革新小說技巧，藉此想超越大正文學的平板呆滯。橫光利一是所有新感覺派作家中，對小說技巧的創新，最具功力的一位。東方儀在〈橫光利一與橫光文學〉一文中（刊於《文藝新潮》一卷第十期），對橫光的作品作了以下的評介——「橫光及其他新感覺派作品之特色，是他們的新表現方法，由於強烈蔑視對象而生之聯想，他們悠然地擴增了誇張和主觀之形容和內容。橫光注重最高度技巧之心理描寫，將人間抽象化的觀念作為有機能之軌跡，使這人間從外界看起來變成了觀念之射影，也就是從外界之現實與

文章之限制中得到解放，俾觀念可以自由活躍。」（註：東方儀曾翻譯過橫光利一的《寢園》）

五四作家輩中，魯迅特別賤視橫光利一。東京大學助教授丸山昇有一段敘述魯迅與橫光利一的文字，曾提到魯迅避而不見橫光的往事。魯迅跟橫光，在小說的技巧上當各自有其發展，惟縱使是異途不同歸也好，站在中日文化交流的立場上，避而不見，始終有失風度。

跟魯迅恰巧成為反比例的是周作人。知堂老人天生的敏銳文學頭腦，使他認識到橫光利一作品的實質。他介紹了橫光的短篇名作〈拿破崙的輪癬〉。此外劉吶鷗也曾翻譯過以橫光利一為首的新感覺派小說集《色情文學》。劉吶鷗的日文程度很高，翁靈文先生在〈劉吶鷗其人其事〉一文中（刊於一九七六年二月十日《明報．自由談》）云——「他（指劉吶鷗）對日本語文方面，確是有相當造詣，因此幹日文翻譯的朋友，遇有疑難輒和他來研究，日本文學作品他讀得不少……他曾笑對朋友說：橫光利一是新感覺派的第一代，他是第二代，穆時英是第三代，黑嬰是第四代。」劉吶鷗實際上便是第一個將日本新感覺派帶到中國文壇上來的人。當時常和劉吶鷗在一起的施蟄存、穆時英、杜衡、葉靈鳳，高明等現代派作家，所寫的作品都很有新感覺派的味道。像穆時英的〈上海狐步舞〉與〈南北極〉，葉靈鳳收錄在《鳩綠媚》小說集中的作品，很明顯的都是新感覺派的仿作。新感覺派對五四文壇的貢獻雖云不大，卻是一個在實質上影響過中國現代作家的日本文學流派。

稱得上是新感覺派傑作的，除了橫光的作品外，還有川端康成的〈梅之雄蕊〉，中河與一的〈被刺繡的野菜〉，今東光的〈瘦削的新娘〉以及片岡鐵兵的〈粗繩上的少女〉。這類作品，在形式與結構上都呈現出新氣息，但單靠嶄新的技巧，意象的奇特，作品就不容易抵受時間的考驗。新感覺派發展至第四個年頭，便嚐到這種苦果，逐漸為人所捨棄。昭和初期，

●橫光利一

普羅文學猶如洪水猛獸般的冲擊着文壇上舊有與新興的勞力，新感覺派既內存多樣的缺點，自然就捱不住普羅文學的侵擾。昭和二年（一九二七）五月《文藝時代》宣佈停刊，而作為一種運動的新感覺派，無可諱言，此時已經步入了死胡同，面臨絕境了。（註：劉以鬯的《酒徒》就是這一派的餘緒。）

新感覺派衰落的經過

新感覺派的「技術至上」主義，是新感覺派的致命傷。再者，在內容方面，新感覺派的作家亦多重複個人的思想，像片岡鐵兵，屢次都在闡述人類的滅亡，中河與一在在強調人類的病態。至於橫光利一與川端康成，他們所描述的又多是欠缺實質的人類心理狀態。讀者所處的環境雖然已受到西洋文明的包圍，而心理狀態同時亦得到某種程度的薰陶，究竟仍種不下根來，面對新感覺派所描寫的虛幻縹緲境界的作品，初讀或會受其文字所迷惑，慢慢就會覺得與現實生活相脫節，而有再讀不下去的想法了。

過份崇尚技巧與重複描述，是造成新感覺派衰亡的內因。至於外因，則與普羅文學的得勢有着不可分割的關係。前面已經提過，年輕一代的批評家赤木健介與伊藤永之介等曾經想調和新感覺派理論與馬克思思想，不過鑒於時勢，成效不佳。昭和二年（一九二七），《文藝時代》漸漸受到左傾勢力的入侵。這年一月號的《文藝時代》上，連載了葉山嘉樹的小說〈誰殺了人〉。葉山嘉樹是普羅文學的新興作家，跟黑島傳治、林房雄、平林泰子等是同輩。《文藝時代》接着於同年四月號中又發表了横光利一批判普羅文學的論文，五月壺井繁治在同雜誌中撰文加以駁斥横光的論點。至此《文藝時代》的重心已不再是登載新感覺派的作品，反過來卻像是普羅文學作家發表作品的大本營。從這一年的三月開始，《文藝時代》已徹底受到左派的滲透，新感覺派的內部組織亦隨之頹萎不振。昭和二年五月，《文藝時代》終告停刊，新感覺派亦變成「名存實亡」。

《文藝時代》停刊之後，新感覺派的大師横光利一與川端康成，各自寫了《上海》與《淺草紅團》這兩部集新感覺派技法大成的長篇小說。之後，採用新感覺派技術來寫小說的人就越來越少，時至今日，新感覺派的運動，已經成為歷史陳跡，只有在文學史上或舊雜誌上，才能得以「一親其澤」矣。

與普羅文學作家的爭論

橫光利一對普羅文學並不存有任何好感，由於新感覺派作家的文章，常受到普羅作家的指責，昭和三年（一九二八）十一月，橫光就借機向普羅文學大肆抨擊。橫光認為像藏原惟人所主張的「內容決定文學形式」，基本上便是一種唯心論，他強調只有用客觀的文字來決定內容，才是真正的唯物論。普羅文學一貫標榜唯物論，橫光的這一番論調，幾乎是想把那時的普羅文學連根拔起，身為普羅文學的作家，自然不能不起而抵抗了。於是乎，小宮山明敏、勝本清一郎、大宅壯一與林房雄等先後發表文章攻擊橫光利一，而橫光方面，也有着中河與一、池谷信三郎、犬養健、川端康成等搖旗吶喊。這場昭和初期的文壇大論戰，一直持續到昭和五年（一九三〇）八月才告終止。這場大論戰的軸心，雙方都在討論形式問題，所提出的理論，輒近乎抽象，因此論爭的時間雖長，實際上並沒有任何的收穫。但是有一點是頗為值得注意的，那便是其時勢孤力弱的橫光利一一派，為了維護藝術自由，不惜冒着可能失敗的風險，而對普羅文學派做出巨大的反擊。論爭平息後，在表面上，似乎已是雨過天青，然而暗中的鬥爭，就轉而更加激烈。

跟普羅文學派的一場論爭，讓反馬克思主義的作家們感到團結的重要。其時新感覺派已呈式微，文壇上除了普羅大眾文學派外，再沒有其他具有實力的文學流派存在。昭和四年（一九二九）年底，淺原六郎、尾崎士郎、久野豐彥、龍膽寺雄、中村武羅夫、嘉村議多、川端康成等十三人組成了「藝術十字軍」。昭和五年（一九三〇）四月，川端康成等以「藝術十字軍」為主，召集了所有非普羅文學派的作家與評論家，組成新興藝術派俱樂部。新興藝術派的成員有三十二人，其中包括新作家如舟橋聖一、阿部知二、井伏鱒二、小林秀雄、堀辰雄與永井龍男等。新興藝術派的主持人是《新潮》雜誌的總編輯中村武羅夫，換句話說，也就是新潮社出錢支持新興藝術派來跟普羅文學派對立的。

舟橋聖一於川端康成自殺後不久，在《風景》（一九七二年六月號）中寫過一篇追悼川端的雜文〈川端先生的姿勢〉，其中提到新興藝術派時云——「大約比新感覺派要遲上四年才開始的我們的那一派，就被稱作『新興藝術派』。昭和初年，由新潮社發行的《新興藝術派叢書》，拉雜收錄了新感覺派與新興藝術派的作品，一時風靡了文壇。叢書收錄了川端的〈我的標本室〉、橫光的〈高架線〉與十一谷的〈白菜理論〉。」舟橋聖一雖然強調叢書風靡了文壇，事實上新興藝術派組成後的成就，不過僅限於出了一冊《藝術派集要》與《新興藝術派叢書》而已，對於整個文壇，可以說是沒有起着多大的作用。

現代主義派及正統藝術派

新興藝術派不久就自然消滅了。但是它的剩餘勢力，形成了文壇上一股新空氣，這就是可以用色情、怪誕、荒謬等名詞來描述的所謂現代主義。現代主義以龍膽寺雄為中心，輔以久野豐彥、吉行英助(英助本作片假名，可有多種譯法，現姑譯作英助。吉行英助為現存名小說家吉行淳之介之生父)、中村正常、楢崎勤、淺原六郎、岡田三郎等，一時氣勢大盛。現代主義派的文章刪除了新感覺派的知性要素，筆調轉而為輕快，專事描寫都市狀況，很有高度的商業價值。

新感覺派跟現代主義雖然都可以說是都市文學，然而，新感覺派在以文字堆砌的同時，卻也隱藏着認識都市裡面不安與動盪的苦心。現代主義派只在一味敘述都市的表層感覺，在內容上就更加流於淺薄，因此不久也就附隨新興藝術派的步伐，踏向衰落之途了。

昭和初期正統的藝術，並不是落在前面所說過的新感覺派、新興藝術派與現代主義派的身上。昭和四年（一九二九年）十月創刊的文藝雜誌《文學》，才是昭和初期正統藝術派的主要盤踞地。

《文學》的編輯有犬養健、川端康成、橫光利一、堀辰雄、吉村鐵太郎、永井龍男、深田久彌等七人。此外，小林秀雄、神西清、淀野隆三、阿部知二、西脇順三郎、春山行夫、井伏鱒二、北川冬彥、三好達治、室生犀星等也先後投稿。《文學》的宗旨不但反對普羅文學所提倡的非藝術性，同時也否定龍膽寺雄等人的現代主義。《文學》只出了六冊，復又停刊。《文學》的歷史很短暫，像小林秀雄所譯藍波的《地獄的季節》，淀野隆三、佐藤正彰等譯的普魯斯特的作品，對昭和初期以後的文風都有很大的啟發。《文學》停刊後，繼其餘緒的是《作品》（昭和五年至十五年）。昭和八年（一九三三）創刊的《文學界》的主要成員，也有許多是《文學》的舊人。由《文學》到《作品》、以迄《文學界》，正統藝術派的力量漸漸穩固，而相形之下，普羅文學也就陸續退潮了。

尾聲

從新感覺派，演變至新興藝術派，而進一步到《文學界》，前後不到二十年的光景，日本近代的文學史已經過了一波三折。日本文學之所以能夠蓬勃，在世界文壇上佔有一席地位，跟這一段時間有着很大的關係，正如前面所述，新感覺派在文學史上的實際成就，是微不足道的，但在某一方面來說，它實存有非同凡響的意義。倘若不是新感覺派的不顧一切，跟普羅文學派展開爭辯，以當時的情形，普羅文學大可控制整個日本文壇，那麼，現在呈現我們眼前的作品，大體全就是那些充滿宣傳口號，非藝術性的新八股了！

七六年八月十五日完稿

閒話東洋歌舞伎

戶板康二著，沈西城譯

我很喜歡東洋歌舞伎這一類型的舞台藝術，三數年前在日本銀座淺草一帶，雖曾有過「臨淵羨魚」的經驗，勵志研讀，是始自回港後一段賦閒的日子裡。直覺地說，歌舞伎與我國京劇很有共通之點，譬如說，演員勾「臉譜」，在歌舞伎中亦早已不可或缺。雖云，二者不同之點在所多有，唯無可諱言東洋歌舞伎實與中國京劇有所牽涉；因為有此密切關係，我對於歌舞伎的興趣益加濃厚，幾至足陷泥沼而不可拔。本年初偶得友人惠賜戶板康二大著《歌舞伎十八番》一書（註：十八番者，言拿手好戲也），翻讀一遍，趣味盎然，茲摘數節，爰譯述如下：

歌舞伎演員的家系

現今在東洋流行着的歌舞伎形式，乃是元祿以後方才確定的。歌舞伎的藝員大都世襲，各派宗師，都是上一代的父母和孩子或養子，他們承繼祖業，加以發揚，都獲得一定的成就。這一類歌舞伎派別的系譜，在江戶時代流傳最多，然而經過改朝易代，而今殘留的大概只有市川家、尾上家、澤村家、中村家、片岡家、坂東家、松木家、實川家等系統；所謂「家」者，套用中國話來解釋，便是某門某派的意思，像京劇中有所謂馬派、言派、梅派，意思完全一樣。各類各派，都有其獨特藝術來傳與後人，像現今的岩井半四

戸板康二著《歌舞伎十八番》

郎、瀨川菊之丞等，都是女形（旦角）家系中傑出的名字；中村歌右衛門，傳至四代，均以立役（生角）為主，五代後，別出機杼，改變戲路，成了女形家系。

在這多種流派中，最出名的自然要算市川家。市川家以演「荒事」（武戲）為主，與坂田藤十郎所倡演的「和事」（文戲）同為一時瑜亮。元祿時代，「荒事」演出多在江戶，而「和事」則以京坂（今京都、大阪）為基地；坂田的「和事」藝術，傳至第二代時，即告湮沒，這是很可惜的事。明治至昭和年間的初代中村鴈治郎與二代實川延若等都是「和事」的名角兒，特別是十一代片岡仁左衛門，對於「和事」更有心得，這三位宗師之子，迄今仍

●歌舞伎裝扮

以演「和事」為主。尾上家的家藝本是女形家系，自三代菊五郎起，戲風一轉而為寫實與怪異相輔而行。澤村家雖以「和事」跟女形最擅長，但三代宗十郎聯合芝木五瓶，創新風格，而以昭和二十四年（一九四九）歿去的七代宗十郎最能繼承此派家藝。

歌舞伎的角色與藝名

歌舞伎自古以來，都有一年即要變動一趟的傳統，一個劇團雖說有變動，但多以「座頭」（團長）為重心。「座頭」一詞，在日本字典上除了解作團長外，還有首席的意思，以我的想法，「座頭」大約就相等於京劇的大老倌吧！歌舞伎除了大老倌，當然還有立女形（重要女旦）；二枚目（生角）；若女形（女）；敵役（歹角）；老役（老角）；老女形（老旦）；三枚目（丑角）；脇役（配角）；子役（童角）等。

在歌舞伎的角色中，我想特別談一談「子役」這角色。藝員世家中人，幼年初登舞台演戲，必先以「子役」作開端，像《安達原》中的御君，《寺子尾》中的小太郎，《先代萩》中的千松，「盛綱陣屋」的小四郎，那是初踏舞台必點演的。明治年代，歌舞伎盛行一種很奇異的習俗，就是掛牌子，實際上卻不登場；例如點演《忠臣藏》，演員表裡雖寫有足利家公達（公子）尊若丸這角色，角色卻是虛構的，因此角色下雖掛出「子役」的藝名，真正開演時，當然不見其人，這奇怪的習慣東洋人稱之曰「捨役」。一般說來，「子役」所得之藝多來自父親，門人只可輔導，除非幼時喪父，方由得意門人傳藝以防湮沒，像現時歌右衛門的梅花、梅幸的鯉三郎、延若的延童等，所得之藝，即循此例。「子役」年歲漸增，聲量變寬，自可按照學藝傾向，選擇適合其理想的途徑，不過藝員無論選擇生角、旦角，隨年齡的增長，最後亦以演老角為終結。

研讀歌舞伎，最易使我們外國人混淆不清的，自然是藝員藝名多而繁雜的問題；前文所述，已先後出現了不少令人摸不着頭腦的名字，現在借點篇幅，稍敘一二。上面說過，歌舞伎是世襲的，因此，藝名多循此途相沿而下，但同時一派中所流傳藝名多而繁複，門人亦會取此作名，改名、襲名的制度遂告發生。歌舞伎藝員，為了年齡環境上的方便，許多時都有非改名不可的情形出現，童年時代的藝名，看來並不適宜於青年時期，同樣，由青年期進入壯年期，藝名亦會變得不宜。現在舉幾個實例來看一看：像坂東三津五郎，他以前是叫做簑助，又曾叫過八十助的，而他的孫子，現在就襲用了他簑助這名；又如松本幸四郎，前名染五郎，又叫純藏，長子襲用染五郎，次子用母家祖父藝名，成了二代吉右衛門。從這兩個例看來，歌舞伎的藝名不但多，而且派與派之間，因了某種過繼或婚姻關係，常有連接的淵源在焉。譬方說市川宗家與松本家的關係吧，昭和年間松本家七代幸四郎的長子過繼宗家，作為十一代的市川團十郎；團十郎之弟幸四郎，又為初代吉右衛門女婿，而初代吉右衛門幼弟勘三郎，卻是六代菊五郎的女婿。從此種過繼婚姻關係看來，市川宗家、松本家、中村家與尾上家四大派別各有牽連，可謂一家親了，若再加上勘三郎的次女最近嫁與宗十郎的次子，那麼，四大派外，還得再加上澤村家。

略談「荒事」

談「荒事」，難免要提市川家。在歌舞伎的歷史上，有所謂「歌舞伎十八番」的名詞，這便是指市川家世代相傳的「絕活」而言。團十郎之成為江戶名伶中最具權威的家系，理由有二，其一：每一代的團十郎，除了早逝的三代與六代不論外，都是代表某一時代的名伶；其二：「荒事」在市川家的不斷改良下，乃是一門「絕活」，足以睥睨劇壇而無愧。

「荒事」的舞台藝術，若以演戲的觀點看去，委實單純得緊，主角在原則上是具有超人力量的英雄，或者是能發揮法力的鬼神或冤魂，而扮演這腳色的名伶，當然要以極其誇張的手法出之，總之，越鬧越好。「荒事」的人物，大多被雕塑成「鋤強扶弱」、「忠奸分明」，以求博得江戶人民的愛好。打從初代團十郎自元祿年間始演「荒事」，到昭和四十年（一九六五）死去的第十一代為止，各代臉貌從「錦繪」（註：彩色板，屬浮世繪的一種）上看得，大多是鼻樑高聳，目光烱烱有神，有着異常美麗的臉譜。尤其是製定「歌舞伎十八番」的七代，與及其子八代、九代，他們的眼睛，都要比一般標準的為大，「眼似銅鈴」般張着，聲威不同凡響。回說「荒事」，展示擁有神力的人物之臉譜，若果眼神不利，就顯不出威風來了，團十郎在「荒事」中有獨特成就，「眼似銅鈴」着實助了一臂之力。擁有這樣臉孔的團十郎，在舞台上遊目四騁當兒，於江戶人民看來，實有江戶霸主之概，那時江戶人民大多迷信，看得殺氣凛凛的威風，皆視作新年的「吉兆」。

市川家的特徵，除去「眼似銅鈴」一點，對於戲服顏色，頗為着意，有一定的規準。自二代以來，戲服均以柿色為主，十八番裡的《暫》（戲名），主角所穿素袍，其色即為柿也；報幕之時，藝員上下身亦決定穿着柿色。團十郎在江戶時代，受到人民的狂烈歡迎，捨其演技外，自有不少的迷信成分加雜在內；十八番裡有齣叫做《矢之根》的劇目，劇中人物曾我五郎，在舞台上向着四方亮架子時，是被看作有驅魔力量的。歌舞伎裡的神怪，流傳於民間，成了民眾的偶像，這種情形在日本是十分普遍的，即使到了今日，我們看日本的電影，這種「荒事」形式的意念，亦不時若隱若現的與日本傳統的「物之哀」相併流傳着。

初代團十郎的一生

歷代團十郎都是身懷絕藝的人，市川家的開山祖師初代市川團十郎（1660-1704），生於萬治三年，那時江戶城中上演歌舞伎的已有中村座、市村座、山村、森田座等劇院。初代團十郎的幼名叫做海老藏，父堀越重藏，住於和泉町，他的地位以現代人說法大概是鎮儀會的主席，筆墨甚佳，做生意也自不弱，很為地主所依賴。那時是德川幕府時代，有這種地位的人，多有與俠客相往還的機會，因之，重藏也頗沾染了行俠仗義的風尚。據說，重藏出世時，有個叫做唐犬十右衛門的俠客，送了一幅繪有海老（蝦）的畫卷給堀越家，到了重藏的長子（即團十郎）十四歲初登舞台時，唐犬十右衛門又送了三個升斗。於是乎海老就成了堀越重藏長子的幼名，而三個升斗也就成了市川家的家徽。海老藏很喜歡看戲，常到鄰村的中村座、市村座流連，恰巧山村座的老板山村長太夫是重藏的友好，得了他的介紹，十四歲的海老藏就在中村座演了一個角色。海老藏最初的藝名叫做市川段十郎，元祿六年，改段曰團，世世相襲至今。有關市川家徽三升紋來源的說法，除了上面所云唐犬十右衛門的餽贈而得之外，也有說是團十郎在演《不破》時，看到扮演雷神演員的戲服角上圖案而訂下來的。

團十郎這一派歌舞伎，用團字作藝名的門人便很多，其中最重要的分家，便是團藏。初代團藏是於段十郎改名為團十郎後即入門的，初叫團之助，後改曰團藏，團藏、團團助的藝名到現在還有藝員在採用。團十郎的一派，因為有海老藏這名字，門人中用藏字的不多見，除了團藏，只有高麗藏、八百藏、伊達藏、純藏、雷藏……等。團十郎的俳名(寫俳句時用的筆名)叫做三升，因之，三代、五代、六代、七代、八代、九代都叫做三升。門人藝名，源遠流長，逐一敘述，恐怕非一部十萬字的書莫辦，這兒筆鋒轉向，還是再談談初代團十郎這個宗師吧！

初代團十郎初踏舞台之戲，乃是《四天王稚立》，他演的是坂田公時，臉勾紅黑二色，很得台下的好評，於是就決定了他一生的大業。

元祿五年，初代團十郎已成江戶名伶，年俸二百五十兩；那時京坂名伶多門庄左

初代團十郎畫像

衛門、鈴木平左衛門、嵐三右衛門，薪酬實比他更高，但在江戶城中，薪酬能與彼比肩者，絕無僅有。元祿六年十二月，團十郎首次赴京都，及歸，年俸已增至三百二十兩，俟晚年，年俸更躍升至八百兩。那時歌舞伎的正統在京坂，不久在京坂演劇的藝員挾技下江戶，方確立了江戶女形（旦角），江戶的歌舞伎才開始進步起來。

初代團十郎於寶永元年二月十九日在市村座演《移徙十二段》裡的佐藤嗣信時，被另一名伶生島半六刺殺於舞台上；原因據傳是團十郎不滿半六的私德，因而被半六含恨，借機殺之，唯真相迄今難明。初代團十郎長於文才，曾寫有劇本五十篇，惜今只剩下十六篇耳。

兩大宗師

市川家系有十一代，一一敘說，要佔篇幅不少，現在只談二代與七代這兩位宗師。二代團十郎（1688-1758）幼名九藏，是初代的長子，元祿元年生，其父遭橫死時，他方十七歲。父死不久，即繼任為二代團十郎。元祿十七年七月，二代團十郎於山村座扮演《平定城都定》的大江八刀丸，演出很是精采。自來名伶多喜吟詠，二代亦不例外，投入其父摯友俳人寶井其角之門，自號三升。其角為人風流，與團十郎善，蓋是想把俳諧趣味注入歌舞伎名伶的生活中去也。二代團十郎踏上舞台，點演後來成為市川家絕活的《助六》、《外郎》、《矢之根》、《押戻》、《景清》、《關羽》、《七面》、《毛拔》之外，還改良了其父所演出的《鳴神》與《暫》。初代團十郎點演《暫》，扮相是：鐮刀鬍子，紅面，頭纏布巾，手足塗紅，手戴護脛；二代則改穿柿色素袍，掛大刀，勾臉。兩種扮相，相互比較，可見兩代藝風之不同，亦足證「荒事」之在改良。

七代團十郎（1791-1895），乃五代的外孫，父曾入幕，未幾即捨刀而入戲劇界，為歌舞伎的「拍和」者，母為五代團十郎之次女。七代幼名小玉，事師其叔六代，名市川新之助。新之助初踏舞台時，年方四歲，六歲時在《暫》裡串演「子役」，八歲改名曰海老藏。七代是歌舞伎歷史上最傑出的名伶，一生經歷文政、天保、弘化、嘉永四個年代，他的藝術亦是波瀾壯闊，傲視天下。

七代的像，我們在錦繪上現在還可以見到，「眼似銅鈴」，原是市川家的特徵，但是七代雙眼凸出，體格並不見魁梧；他的藝術範圍頗廣，不單擅演「荒事」，即是「和事」、反派、色惠（英俊歹角），亦同樣出色。

七代一生中，曾到過大坂數次。最初一趟是文政十二年，他才不過三十九歲；第二趟是天保五年，但在這期間，天保三年三月春，他在「市村座」第四次演出《助六》，易名海老藏，讓位長男，那時他才四十二歲。天保十三年五月，團十郎在河原崎座演出《景清》之時，突然被召往南町奉行鳥居甲斐守區役所處，不久被判「江戶十里四方追放」（追放者，放逐之謂）。「江戶追放」之由，是因為團十郎無視天保十二年十月老中水野越前守所公佈的質樸儉約令。嘉永二年十二月獲赦免，翌年三月，登台河原崎座。嘉永六年正月，七代再到大坂去，前後滯住了六年。安政五年十二月，七代重回江戶，翌年春在中村座演了一趟、四月即以六十九高齡謝世了。

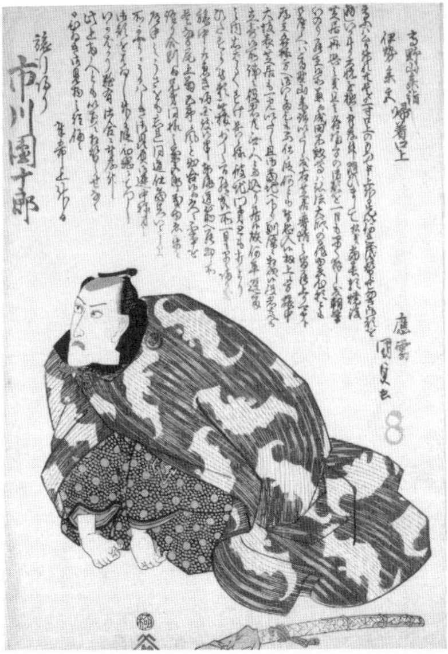

● 歌川國貞繪七代團十郎畫像

● 歌川國貞繪七代團十郎大宅

默默耕耘的老人

——記翻譯家本橋春光教授

七二年耶誕前夕，我獨個兒去闖神保町書城，那時候，我剛唸日語，還未能看懂日本書，只好挑中國書看。神保町的內山書店，由於是內山完造後人所經營，遂成了我的首選目標。那天，到達鈴蘭路的內山書店，已是下午三點過後，由於雪雨，天色暗黑，店裡亮起燈，我在燈光照映的角落裡，看到了一個瘦弱的身形，那是一個穿着黑色西裝的老人。

老人鼻樑上架着一副玳瑁眼鏡，手上捧着一本厚厚的書，正看得入神。從我站着的所在看過去，我立即辨認到老人捧着的是一本中文書。

「也許是中國人吧？」我心裡泛起了「他鄉遇故知」的暖意，腳步自然而然地走近過去。

「你是中國人嗎？」我輕輕地問，不待他回答，就把手上的名片遞了過去。老人先是一怔，接過名片，看了看，有點尷尬地說：「你是留學生！我是日本人，講不來中國話。」說的是帶了關西口音的日語。我才恍然自己是「馮京作了馬涼」，對方是一個地地道道的日本人。日本人能看得懂中文，卻不能講中國話，大大地引起了我的好奇。也許老人看到了我臉上的驚愕，有點不好意思地說：「這三十年來都沒講過中國話，舌頭硬了，不能講，可看中文書，卻沒停過，你看，我還在看這個——」他把手上的書輕輕推了過來。

那是《茅盾短篇小說集》，厚甸甸的，收錄了十來篇茅盾的著作。「你看得懂嗎？」我對老人閱讀中文的能力起了懷疑。他眉毛一挑，說：「我正在研究，我想翻譯其中一篇。」他從西裝內袋摸出一張名片，送到我手上：「沈先生！請你多多指教。」名片上寫着：「二松學舍大學教授本橋春光」。

呀呀！原來是教授哪！真的是有眼不識泰山，我肅然起敬。起敬之餘，卻又忍不住大發議論，我說：「本橋教授！你要翻譯敝國作家的小說，對促進中日文化，的確是一件了不起的事，不過，茅盾、魯迅的小說，已給貴國的學者翻譯了不少，再翻沒有什麼意思，我有一個小提議——」蹩腳日語說了一大堆後，頓了頓，察看本橋教授的神色。

本橋教授心急地追問：「有什麼提議？說呀。」我往下說：「我希望你能翻譯一些現代中國作家的小說。」我提了劉以鬯先生、張愛玲女士的名字，聽得本橋教授瞠目結舌，回不上話來。半晌，他吁口氣，不勝慚愧地說：「啊！我沒聽過他們的名字，我研究的範圍，看來太狹窄了。沈先生！你能把他們的作品介紹給我看嗎？」為了表示尊重，這兩句話，本橋教授是特意用中國語說的。說的不標準，我卻感到了他那深摯的誠意。

義不容辭，我答應在第三個禮拜六下午，把作品帶到「內山書店」。

回到家裡，第一件事是給劉以鬯先生寫信，那時候，劉先生是《快報》副刊的主編，我偶然為他寫一點「日本雜聞」，因而算得上「相識」。信裡，我邀請他把他自己的短篇小說寄贈，有可能的話，也請他費神搜羅一些中國現代作家的優秀作品，以便讓本橋先生進行翻譯。

信寄出後，很快就收到了劉先生的覆信，除了附上他生平傑作《對倒》之外，還推薦了師陀、羅淑等作家的作品。（註：此信已失，僅靠記憶追述內容）信中，劉先生對我勉勵有加，還表示一定會盡可能搜集更多的優秀短篇以供本橋教授翻譯。

第三個星期，我挾着幾本劉先生寄贈的短篇小說，跟本橋教授在「內山書店」見了面，他非常熱情地邀請我到附近的咖啡店吃茶。甫坐下，他就迫不及待地翻看了那幾篇小說，半小時後，他眉頭緊鎖，一片惶然，訥訥地說：「這幾篇小說，都是佳作，可有些土話、現代話，我不很懂，沈先生！這回輪到我有個提議了。」本橋先生仰着那皺紋密佈的臉，惶恐地盯着我。

嗯！這老頭倒懂得「來而不往非禮也」的道理！我呷了一口咖啡：「請說。」「我想請閣下幫忙翻譯。」說的是國語，體現出他的誠意。我嚇了一大跳，說：「教授，我學了日文不到三個月，日語不靈光，怎能幫忙你翻譯？」本橋教授說：「沈先生，你不必慌，你只須把我難明的處所，用簡單的日文表達出來，我就能作揣摩。」是我惹出來的「禍」，哪能推卻，只好答應。

於是往後的周末下午，我們都在神保町的咖啡店見面，而每一趟，本橋教授都帶來一大堆的疑問。他把「疑問」一一寫在筆記簿上，在聽過我的詮釋之後，又小心翼翼的在下面，註上端正的「平假名」。有時候，聽了我那拙劣的「詮釋」還是不能明白時，就立即翻閱枱上厚厚的「日中」或「中日」大辭典，細細查閱，查到清楚原意後，就會展現出笑容——那笑容，煞像小孩子的笑容。

這樣足足工作了大半年，七八篇短篇小說才算譯成。這時，我的日語程度大有改善，於是從頭到尾，把本橋教授的譯稿細細地看了一遍，嚴幾道先生訂的信雅達的翻譯標準，依我看，本橋教授起碼達到「信」和「達」。我把自己的看法告訴了本橋教授，他高興得合不攏嘴，頻問：「是真的嗎？你沒騙我嗎？」

書成，下一步就是出版。

別看日本出版業發達，要出版純文學，尤其是翻譯中國現代文學的書，真不容易。日本專門出版中國現代文學書籍的出版社，最著名的是「岩波」文庫和「中公」文庫。本橋教授一一寄信去作毛遂自薦，結果是熱面孔貼在冷屁股上，換來一紙禮貌的回絕。

我實在不忍心他再折騰下去，勸他作罷說：「教授！你能把小說譯了出來，已是了不起的事，出版與否，已不重要，劉以鬯先生他們不會怪你……」本橋教授搖搖頭說：「沈先生！這本書一定會出版，這是我對中國現代文學的尊重，也是對被我翻譯過的作家的敬意！……」事隔三十年，本橋教授說這番話時的堅毅神情，如今仍歷歷在目。

七四年底，我因家事中斷了在日本的留學生涯，回到香港。行前，本橋教授請我吃飯，他緊握着我雙手，低低地說：「沈先生，放心！我一定會實現出版的願望！」

又一年後某天中午，我從郵差手上收到了一個小郵包，拆開一看，是一本小書，那就是本橋春光教授畢生傑作——《現代中國短篇小說選》，書中夾着小字條云：「我把它自費出版了。」

我捧在手上，一邊看，一邊熱淚盈眶，那時打電話不方便，只好寫了一封日文信，速寄本橋教授，其中幾句話，迄今仍記得——「你的努力，一定不會白費，在中國文學史上，定必留下你的足印！」

東洋刀劍今昔談

我常想寫一點關於東洋刀劍的文字，苦於題材難覓，一直耽擱至今。近日偶爾在書肆蒐得一兩本《刀劍》破書，再滙之以舊木抽屜積藏所得，增添泡製，參訂再三，得一蕪文，字凡萬餘，布刊於此。先談刀劍起源變遷，偏及名刀寶劍；續述劍道流派，徵引古籍，併敘顛末。兩篇合而為一，諒可對刀劍、劍道有一扼要說明，使讀者中對東洋刀劍感興味者得一梗概。

刀劍的起源

日本於上古時代大多使用直刀；名刀寶劍源自中國大陸，東瀛本身並無鍊刀匠人。嗣後刀劍輸入漸多，中國鍊刀匠隨刀劍東流，移殖扶桑，始有鍊刀術繁衍。京都正倉院，藏有直刀數目不少，據《東大寺獻物帳》（即《國家珍寶帳》）云，其時刀有兩種，曰「唐大刀」與「唐樣大刀」。前者源自中國，在中國作成，後者卻是日本本土鍊刀匠所效製。《萬葉集》中載有「高麗劍」一詞，足可證明其時亦已有自韓國移殖來的鍊刀匠。直刀，古稱大刀，無反（反者彎也），有劍，平造（即無稜線），切刃造（即有稜線），鋒兩刃造（即只是在鋒處方有兩刃）等物，中以平造與切刃造為最古，而鋒兩刃次之，劍之出現為最後。

直刀與其說是用來截切，無如說較宜於刺戮，因此直刀又叫「太刀」；「太刀」又寫作「橫刀」、「橫劍」，蓋取其橫掛於腰際之意。上古時代有一種叫做「蕨手刀」，類似後世短刀，比「太刀」要短。正倉院為日本藏寶所，位在京都，分北倉、中倉、南倉，現藏有大刀五十五口，手鉾（戈）五口，鉾三十三口，刀子八十餘口。大刀五十五口中，三十一口為切刃造，五口為鎬造（刀面有長稜者），十九口為平造。中倉藏刀二十六口中，有黃金莊太刀七口，金銀鈿莊大刀，金銀莊橫刀，金銀莊太刀，金銅莊橫刀各兩口，餘為銅漆造大刀，黑作大刀之類；黃金莊與金銀鈿莊大刀的金器上雕有凸形常春藤紋，金銀鈿莊大刀則嵌水晶玉，黑鞘上以白密陀繪有花草鳥，彌可珍貴。

上古時代有名劍三把，一曰丙子椒林劍，二曰七星劍，三曰水龍劍。三口皆為切刃造。丙子椒林與七星兩劍藏於四天王寺，傳為聖德太子御劍；水龍劍相傳為聖武天皇佩劍，劍身寬闊，斯是一代名劍。

平安朝的刀劍

直刀變遷至彎刀，難說出始於何時，從現存之刀推敲，約為平安朝中期以降。至於緣何會自直刀變遷至彎刀，非三言兩語可述，不過平安中期，武家勢力擴張，用武場合特多，直刀只利刺戮，不若彎刀砍殺便利，也許會是原因之一。平安時代，藤原氏首倡貴族社會，廢律令社會的「班田」制，藉挾地自重的「莊園」制而霸天下。莊園土地廣大，非蓄武士保護不可，因之平安中期，蓄士風氣甚熾，貴族群起割據，造成清和天皇與桓武天皇子孫清和源氏跟桓武平氏對立的局面。平氏平保元，平治之亂後，握了京都政權，開武家問政的先河，而作戰方式亦隨由徒步戰發展成騎馬，但本質上仍是以個人戰為主態。貴族所僱武士所用武具，例由武士自己負擔，自太刀、甲冑、弓矢、以迄馬具，都自聘匠人製造，故此武器多含有武士自己的個性。彎刀的使用，由於在切物時衝擊較少，遠比直刀實際，故為武士所樂用；同時作刀技術一日千里，不可忽視，刀劍有彎，看似簡單，造起上來，要把薄刃伸長，向厚楝（即刀脊）彎去，實在馬虎不得。所以彎刀並不只是應騎馬戰而生，還得有好鐵與鍛鍊技術相配合。

永觀元年（九八三），永延元年（九八七），京中畿內（指山城、大和、河內、和泉、攝津）禁止武士佩刀，蓋欲平抑武士囂張跋扈之氣燄，由此可見彎刀的盛行。

這時期的作刀術，大致已自切刃造發展至鎬造；切刃造的刃部多是鈍角，鎬造加以改良，易鈍為銳，格鬥起來，便於刺戮砍殺。由是觀之，上古時代以迄平安中期，刀劍式樣已自直刀發展至彎刀，而作刀技術，則由切刃造演變至鎬造。唯箇中過程，並非直接。於過渡期中，先後出現了名刀如小烏丸與及藤原秀鄉所佩用的毛拔形（鑷子形）太刀；過渡期後，作刀術大進；平安後期，刀劍多鎬造彎刀，這也就是現在大眾所熟悉的日本刀。現存平安時代的刀，太刀（長六十厘米），佔了極大比例，短刀甚少，至於脇指（未滿六十厘米，在三十厘米以上）則絕無僅有。太刀的式樣，先幅比元幅約窄縮了半分左右，鋒作小切先（小鋒），彎度深，刃文（紋）亦較前精美。

說到平安時代刀劍的製作，採鑛與鍛鍊的分工並不完美，匠人只許於產鐵地帶鑄刀劍。中國（日本地名，指山陰、山陽兩道）山脈之南北有伯耆、備前兩地，產鐵甚豐，古來有名，有名匠如伯耆安綱、真守、備前友成、正桓等；而於京中，匠人建鋪於都中大路，匠人三條宗近、吉家、五條兼永、國永等都活躍非常。匠人中亦分等級，把採得之鑛以大風箱拉火鍊鐵者稱大匠，把製鍊好的鋼製成太刀等物者，為小匠。九州各地，匠人輩出，蓋以九州與大陸相接近，素為古來文化先進之地。

鎌倉初期名匠輩出

源賴朝滅平氏，開鎌倉幕府。鎌倉一朝約一百五十年，興亡變啻，可分成三期；起初五十年為幕府成立期，中期五十年，可稱隆盛，繼之蒙古來襲，國運式微，是為第三期。鎌倉初期的刀劍，承接前代遺風，樸素古雅，雄莊渾厚兼具，中以「狐崎」一刀著聞於時。

鎌倉初期的政治形勢是武家、公家、社寺三大勢力彼此相抗。後鳥羽上皇憤北條氏大權獨攬，聯合北方武家、公家、社寺莊官，起而討伐，此為歷史上有名的「承久之變」。上皇為激勵屬下士氣起見，特召集全國刀劍名匠，按月在後鳥羽院鍊刀，賜與公家、武士。《觀智院本銘盡》列有當時匠人姓名云——

正．二月　匠人則宗（備前）　貞次（備中）

三．四月　匠人延房（備前）　國安（粟田口藤三郎）

五．六月　匠人恆次（備中）　國友（粟田口）

七．八月　匠人宗吉（備前）　次家（備中）

九．十月　匠人助宗（備前）　行國（備前）

十一．十二月　匠人助成（備前）　助近（備前）

上表所列，當以備前一文字派的匠人佔數最多，名匠鑄劍，備究刀裝，因之，錦包藤卷太刀（岩鳥神祕藏）、銀鋼蛭卷太刀（丹生都比壳神社藏）、革包太刀（大山祇神社藏）等華麗太刀相繼出現，為鎌倉初期的刀劍史添上輝煌一頁。《觀智院本銘盡》所記十二匠人，概括備前、備中、山城三大派，現稍談山城粟田口派與備前一文字派。

粟田口為京中通往近江（今滋賀縣）的關口，據《宇治拾遺物語》記載，粟田口自平安朝起即有刀劍匠人聚居，俟鎌倉初期，更是名匠輩出。建久年間（一一九一）因國友、久國、國安、國清、有國、國綱兄弟六人被後鳥羽上皇召為院中匠人，粟田口派，聲譽更隆。國友、久國作所刀劍，其特徵多為小板目肌（指刀身上的紋，日本刀刀身上的紋大多屬此）細密奪目，沸（刀身被燒、化作鋼時所出現於刃邊可見於肉眼者為沸）極美，刃文有小亂刃（指刃上花紋之一種，頗似小花朵）與直刃（亦是刃上花紋，作直線狀），刀身較三條派的略呈彎曲。粟田口派外，還有備前一文字派。備前一文字派又分為福岡一文字、吉岡一文字、片山一文字三大流派。一文字得名由來，乃是只銘刻一個「一」字於刀柄上之故。鎌倉初期的一文字派遠比中期時的古雅，近似古備前派作風，故亦叫做古一文字，照文獻記述，福岡一文字之先祖原為平安後期仁刃（一一六六）年間的定則，定則有傳人則宗、延房、宗吉、宗長，惟現存太刀可追溯匠人姓名者，當以則宗為始，此外還有安則、助宗、成宗、助成、助茂、延房、宗吉、宗忠、貞真等。

則宗為後鳥羽院匠人之一，獲上皇賜菊花紋，其銘雖謂「一字」，存世的刀，銘菊花紋者已絕跡，散見民間者，僅二字銘而已。所鍊刀劍，刃多為直刃而雜拌小亂，刀姿類似古備前派。

鎌倉中期刀劍大盛

鎌倉武士多仕於各武家，故此武士不論在戰場上或日常生活中，對於武士形式的堅守，甚為講究。鎌倉中期（一二三二）武家最初的法典《御成敗式目》（又名貞永式目）出而行世，中有記載所謂「兵道」的武士新道德觀念，指出武士不但要有質實剛建之氣，尋且要講究武藝。武藝既被注重，武器之需求孔殷，刀劍鑄造自然大盛。那時的太刀，身幅寬廣，中鋒緊小，成短粗鋒，甚具雄壯之氣，刃文作丁子亂；短刀製作亦漸多，姿作內反，刀柄挺直。除此之外，刀匠所製還有薙刀與劍，至於槍，則尚未見之有。

鎌倉口葉，武家勢力乖張，侵及莊園領主；公家與社寺為護莊園，逼以自衛，是以武力盛行，而刀匠亦多受公家社寺托庇。時大和匠人因受知於寺院，於造刀術，可以任意發揮，因而風頭出盡；大和匠人分手掻派、當麻派、尻懸派、千手院派、保昌五派。

捨大和匠人，相州匠人亦相繼登場。建長（一二四九）年間，粟田口國綱奉仕於北條時賴，嗣後，備前三郎國宗，一文字助真陸續至鎌倉，創立鎌倉匠人一派。因此講東洋刀劍史，鐮倉中葉實為最最重要之一環。

鐮倉中葉的有名刀劍流派為數甚夥，綜合言之，約可以粟田口、來一門、新藤五、福岡一文字、備前長船等五派為代表。粟田口派以吉光為代表。吉光傳為國吉弟子，俗稱藤四郎，善作短刀，與室町時代的五郎人道相齊名；所作短刀，姿作內反，小板目肌細密，刃文多為直刃。來一門之祖為國行，自鐮倉中期以迄南北朝，勢力頗盛；國行作刀，以太刀最精。作風最令人注目者，是小板目肌分明，刃文多作直刃而夾雜丁子。來一門中有名匠如了戒、來國次、來國真等。新藤五派之祖國光，有說是粟田口國綱之子，不過此說並不可信，按查史實，國光乃相州匠人，為短刀名手，鑄刀自永仁元年（一二九三）「鐮倉住人新藤五國光作」時期以迄正和二年（一三一三）「新藤五國光法名光心」迄，凡二十年有餘。所作之刀，多為直刃，刃中有鍛線。備前福岡一文字派，俟鐮倉中葉，亦循時流而演進，作豪壯太刀，燒刃成美麗奪目的丁子亂，名匠有吉房、助真、則房等。嗣後助真移居相州鐮倉，故稱鐮倉一文字；則房則自福岡徙居片山，世稱片山一文字。鐮倉中葉，則有長船一派，以光忠為始祖，繁衍子長船一地，盛於南北朝與室町期間。光忠相傳為寶治、建治（一二四七・一二七五）年間之人，作風近似福岡一文字派；光忠有子長光，弟景秀。

鎌倉末期的刀劍

鎌倉末期，於久永十一年（一二七四），弘安四年（一二八一）蒙古兩度來襲，朝野慘遭禍變，決意改革戰術與武器，廢棄單騎戰術，改以集團戰略應敵。這期間的刀劍，更重豪壯之氣，太刀身幅廣寬。元幅與先幅尺寸相去不遠，短刀白內反演變至無反，身幅亦廣，尺寸亦較前代為長，薙刀尺寸亦大，若就鎌倉末期所製之刀來看，刀劍不單是用來砍殺、維護莊園，且已利用來作衛國拒外敵了。

當時活躍於刀匠界的有相州匠人新藤五國光後人行光、正宗。新藤五國光素善製內反短刀，子國重、國廣、國泰、弟子行光、正宗、則重，大致都能將其遺風發揚光大。正宗苦研乃師作風，創大波形彎刃刃文，極盡刀劍美之能事，影響所及，舉國效尤。正宗所傳後世有銘作刀甚稀有，今僅剩「京極正宗」、「不動正宗」、「大黑正宗」與「本莊正宗」數口。正宗鑄刀劍之法，為世所重，效尤者中有所謂「正宗十哲」，即指義弘（越中）、則重（越中）、志津兼氏（美濃）、左文字（筑前）、來國次（山城）、長船兼光（備前）、長船長義（備前）、金重（美濃）、直綱（石見）十人而言。十哲中，來一門的國次為十哲之一，所製造之刀，改傳統直刃為亂刃，「名物鹽川來」乃是他的代表作。來派後來分裂為二，移居肥後菊池的延壽派，相傳為來國行之孫延壽太郎所創，盛於鎌倉末期與南北朝。鎌倉末期自備前福岡遷徙至吉岡的刀匠為數不少，是為吉岡一文字派，名匠人如助光、助義、助吉等，可為其中皎皎者。此外還有長船派，以長光之子景光為首，真長、近景繼之，活躍一時。

室町時期刀劍風氣大變

明德三年（一三九三）大內義弘統一南北朝，改號應永，由三代將軍足利義滿出而治世，是為室町時代。室町立，天下漸平，義滿於京都建金閣寺，世阿彌著《花傳書》，茶道盛行，而社會經濟亦趨發達，際此社會體制，南北朝的豪壯大太刀，漸次式微，刀劍風格傾向復古，與鎌倉時期的太刀相彷彿。而在同一方面，昔前曾告流行的「打刀」，迄此更為發展，太刀於是相應步大太刀之後塵，為世所棄耳。打刀因何流行於室町？此乃是由於那時戰爭已自躍馬橫戈演變至徒步搏鬥的緣故，戰爭既講求貼身格殺，那末武器輕巧便於運用，當然是不可或缺的條件，打刀構造頗宜於此，是以獨盛於室町。

室町太刀雖說頗類鎌倉期，亦僅於刀尖有彎一點較相接近而已；惟說到太刀與打刀，則根本又是兩回事，室町時代的打刀若二尺一二寸，刀身不長，便於抽拔，彎度亦異於昔前的太刀，接近刀身拋線處的尖端呈彎曲狀，此即所謂「先反」之刀也。打刀一詞雖見於鎌倉時代的《平家物語》與《源平盛衰記》等書，但鎌倉期所謂打刀，多附有一尺二三寸的護手，抽拔不便，且亦比較沉重，與室町打刀，已有很大的差別。

室町初期刀劍名匠有應永信回與應永備前兩大系派，大多沿襲前習，乏善可陳。

室町後期，將軍專權，武士勢力大盛，造成諸侯爭權，致有永享、嘉吉、應仁等禍亂，舊藩沒落，新藩繼興的現象，層出不窮，武士益見跋扈。諸侯既各擁領土、據地稱王，中央集權政制於是乎開始崩潰，中央文化與王族文化，四處蔓延，漸及地方，造成文化領域大擴的局面。各諸侯既擁土地，無不欲再加拓展，於是不得不求助於武士，而刀劍蓬勃，誠意中事也。室町一朝刀劍名匠雖未如前朝的人材輩出，由乎其特色顯著，故足流芳百世不廢。

諸侯相互傾軋，當然需要動用到武力，刀劍蓬勃，乃是自然趨勢，不過，當時社會，戰亂冗多，刀劍供應常出現供不應求的情形。有等匠人，為了貪圖多賺外快，惡意濫造，形成室町刀劍粗品充斥，斯為美中不足。那時賣刀法有二，有以數十把刀，紮成一束而出售者，亦有按照顧客指定式樣而煉製者，兩者比較，當以後者為佳，然利潤有別，致使無良匠人多取前法。那時期的刀劍匠多以前二法售刀劍而賴生存，但一般有良心的名匠則喜輾轉各地，為諸侯豪族煉劍，博取溫飽，名匠如長船忠光彥兵衛、三條吉則等，便是如此。

鎌倉時期已有在莊園（私有田地）設市的制度，俟室町，諸侯徵收稅派定商品專利，商人交稅妥當，即可得之，而於刀劍亦有此現象發生，商人競投，刀劍亦成商品之一種，其興盛之象，可想見矣。除了刀劍，室町時期，還有一種比較特殊的情形出現，那便是槍的製造亦始頻繁。前面說過，室町時，戰爭已由騎兵制度演變至徒步搏鬥，這是集體戰制，持槍較諸刀劍實為方便。槍的發端始自上古時代的矛，鎌倉時頗鮮見，後蒙古來襲，日本人發覺刀劍在於抗拒時多所呆滯不便，遂試用槍來應敵。那時的槍，發達神速，長短種類不一，如笹穗、平三角、兩鎬、十文字，片鎌等，形式繁多。這時期的槍，普遍有個特點，槍首用粗鐵製成，多尖長，宜於刺戮。室町刀劍名匠亦多製槍，不過後來槍的發展越多越急，就有了專門煉槍的專門匠人出現。

室町末期，刀劍戰術發達，與諸前朝相較，則海天別具，無論在形式、技術上而言，都是飛躍千里，沒得比矣。俟室町天文十二年（一五四三）大炮東漸，長篠戰役，武田勝賴為織田信長德川家康聯軍所敗，斯時，信長、家康動用大炮相轟，勝賴馬驚人憐，軍心大亂，致招敗績，刀劍匠人見風駛悝，轉而製炮以應潮流。室町末期名匠有勢州村正與美濃鍛治等派系：勢州一派，善於鑄造利刃之刀，得而享盛名；美濃派，則考究刃文，中以三本杉刃文最為世所重。

慶長新刀

室町終廢，織田信長從而統一天下。天正十年（一五八二）信長於京都本能寺為明智光秀所辱殺，而光秀得權不久，於山崎會戰一役不敵羽柴秀吉（即豐臣秀吉）。秀吉後用柴田勝家領兵平九州之島澤義久，小田原之北條化直，天下遂一統。天下定，秀吉命採集刀劍。此項採刀劍令出，遂使刀劍製作轉入新的風格，室町時的「濫竽充數」作風，遂蕩然無所存焉。

在日本歷史上，稱自織田信長執政，建城於安土起，迄豐臣秀吉定都伏見（桃山），其後遷都大阪為止的一段時期為安土桃山時代，但於刀劍史上，劃分區別，則多以刀劍的作風為據。天正（一五七三）年以前所製刀劍，類似室町戰國時代式樣，自採刀劍令行後，即慶長（一五九六）以降，刀劍模倣南北朝，豪壯奪目，是為一大變。安土桃山時代的刀劍，由於戰後昇平，諸侯為要粉飾太平，刻意整頓所擁領土，是以經濟、文化之發達，得未曾有，影響所及，特別絢爛茁壯。故慶長以後所出刀劍，均曰「新刀」，以示別於前朝刀劍也。

所謂慶長新刀，實是把鎌倉、南北朝時期的大太刀加以煉磨，使之變作打刀，因此所製刀劍，都是身幅廣寬，先幅不窄，鋒有伸延，彎度不大。安土桃山時代，不但對刀劍製造，用力甚深，刀的裝飾，亦頗事豪華。刀劍匠人大膽創新，意由心發，不受古法拘製，採用技法如金貝、鞘塗與及所繪色彩，皆極靡麗，充分顯現當代武士氣質。安土時，名匠輩出，不克盡錄，茲擇一二，聊述如下——堀川國廣，原為日向國（今宮崎縣）飫肥伊東家臣，天正五年（一五七七）伊東家沒落，隱居山中，煉刀為樂。嗣後，周遊列國，習末相州，末關技行。天正十八年（一五九〇）侍於長尾顯長。慶長四年（一五九九）以降，棲居京中一條堀川，專事煉刀，門下弟子多人，滙成堀川流派。此派作風，地肌（刀身上現出的花樣）多為板目肌，刃文清晰。慶長十九年（一六一四）歿，年八十餘。其門下弟子，稍有名望者計有大隅掾正弘、越後守國儔、山城守國清等。

跟堀川國廣相齊名的還有埋忠明壽；明壽為京中有名的金工（金屬細工），為三條宗近第二十五世孫。始製刀劍銘曰「重吉」或「宗吉」，重吉銘作現已湮沒，宗吉銘作公尚存。從銘作推考，明壽當住於西陣，元和四年（一六一八）。是年始有江戶吉原遊廓）年已六十一，那末出世平日當在永祿元年（一五五八）矣。明壽煉製刀之護手，以黃鋼作底，著色華美，鑲嵌精細，有琳派繪畫作風。刀身有小板目肌，刃文為淺灣刃。此外還有匠有濃州關兼道、肥前忠吉、仙台國色、南紀金國、越前康繼、野田繁慶等，風格雖各殊，堪稱名匠而無愧。

江戶與大阪刀劍

自正保（一六四四）迄元祿（一六八八）間的四十四年，有刀劍曰「寬文新刀」，原胎自慶長新刀，略加修飾而成。江戶初期，有關原會戰，大阪夏之陣等戰役，武家勢力漸興，德川幕府體制立。德川幕府以武士為主體，武士控制政經兩權，職是此故社會思潮亦趨武士化，刀劍由是大熾。江戶為政治樞鈕之地，武士、諸侯雲集，吉原游廓，藝妓爭妍，笙歌四處，曲聲撩人，不在話下，而各地刀劍名匠咸以江戶為中心，爭相競技，一時間刀光劍影，真有說不盡的熱鬧也。與此相反，京都於江戶時代，其政治地位之重要性已失，武士四散，匠人亦隨之零落，昔日王謝燕，今飛百姓家，京都繁華去如飛煙，恰如江水東流，不復返耳。此輩武士匠人，多擇江戶為新棲身所，但是其中也有揀大阪一地為安樂窩者。大阪其時為經濟重鎮，市道繁昌，不下於江戶。

寬文新刀，率由江戶、大阪兩地匠人鑄造，基於兩地社會性之不同，所造刀劍自然有異，現稍述之。江戶有人口百萬，刀劍匠人仕於幕府，為取悅主公，每於刀劍製煉，無不悉力以赴，名匠有康繼、長曾稱虎徹、法城寺一門、石堂一門等派系。江戶新刀的特色端在乎予人有「威風凜凜」之感，金象嵌截斷銘作甚夥。戰國之役，劍術已由群鬥發展至一對一的局面（此即是劍道由來也），此時期的刀劍大多長約二尺三寸五分而先幅稍現彎狀，特別是江戶刀劍，彎度甚淺，雕刻亦少。與此相對，大阪新刀奢華之風甚顯，名匠如和泉守國貞、河內守國助等，作風豪放；津田越前守助廣創濤瀾刃，二代河內守國助亦燒出拳形丁子刃，丹波守吉道則造簾刃，刀劍刃紋如斯考究，可見大阪新刀重於裝飾多於實用，與江戶新刀之重於格鬥，判然有別。世人曰大阪新刀之可貴在乎反映町人文化，然則吾等可不謂江戶刀劍大可顯現江戶子的重實際而不事奢侈氣習耶。元祿以後，世道泰平，武士逐為諸侯所棄，刀劍消耗由是大減，刀劍漸衰。

元祿以降的一百三十餘年中，刀劍式微，前已有述，匠人多轉而發展刀劍的裝飾，刀劍至此途變成眾人的賞玩品矣。

江戶末期的刀劍

寬政年間（一七八九）林子平刊《海國兵談》，近藤重藏往探蝦夷，伊能忠敬測量各地，洋學東傳，造成對東洋人的威脅，於是泰平夢醒，勵志改革。水野忠邦的天保改革，積極發展經濟，即是一例。是時，社會思想動盪不停，一方面有荷田

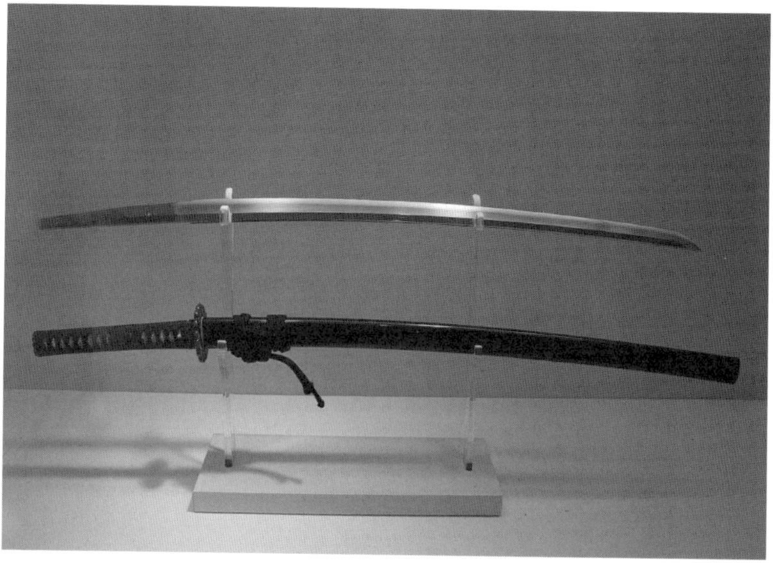

● 聞名於世的日本武士刀

日本武士刀構造

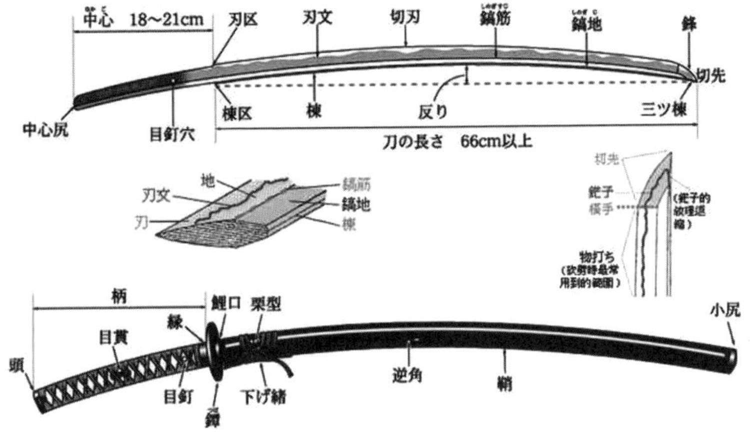

春滿、加茂真淵等提倡復古神道思想，批判儒佛二教，而在另一方面，洋學重實踐，又為一般有識之士所喜。洋學以長崎為基地，陸續東侵。此新舊勢力相對，造成文化大興局面。而一般武士亦自遯隱中再度入世，投身政經，進行各種活動；刀劍匠人乘此機會，大事鑄刀劍，於是乎百多年來已歸沉寂的刀劍於幕末又興旺起來。

時有羽前山形藩秋元家家臣川部儀八郎正秀，極力反對江戶以來的新刀，倡「日本刀者須事鎌倉、南北朝」之說，並親身到江戶，實踐彼所倡之理論。復古新刀一說出，大受世人歡迎，風頭之勁，它無可匹。捨正秀外，土佐人南海太郎朝尊亦倡復古，於是幕末刀劍鑄造，又回到鎌倉時代的境界矣。大概來說，幕末刀劍鑄造與元祿以降裝飾之風並盛，但是時移勢易，外洋船堅炮利，又豈是刀劍之所可敵手。及明治維新，特許「散髮廢刀」，明治九年（一八七六）廢刀令行，刀劍已失實用，刀劍匠人為了生活，只好另尋出路，或鍛鐵，或轉別業，刀劍過去的輝煌史至明治年間終告「壽終正寢」了。

日本武士道與西歐騎士道

近來看到一本書，是奈良本辰也所寫的《武士道系譜》、大概自武士道精神的源流迄至演變成一種「道」的經過，都有扼要的描述，這是我讀過所有關武士道書籍中最好的一本。不過這裡並不打算有意挑出其中的一部來介紹，對讀者來說，理論性的文章不容易提起他們的興趣，所以寫幾句有關《武士道系譜》這本書的話，目的還是在想憑了它來引入這次要講的話題裡面去——那便是有關「武士道」與「騎士道」方面的一些瑣事。

哈佛大學教授 Edwin O. Reischauer 在一篇文章談到這個問題、很淺白的把「武士道」與「騎士道」劃分成種種區別，他說：「在於這兩個封建制度自體的後面，我想是有幾個相似的地方的。封建時代、無論日本與歐洲、都是戰爭連綿的時代、軍事美德很受重視。我們說到騎士道、那是從法文套用的、意思便是騎馬的男人，這種騎馬的男人正如日本鎌倉時代人們所崇拜的偶像一樣，在於西歐封建時代也是重要的人物。封建時代，騎士是被要求要有軍事的才能、勇敢、苦痛與犧牲的能力。有了這種忠誠作為依據，整個封建體系才能屹立不倒。封建制度規定武士的地位是世襲的，因此家門的存續與名譽十分重要。這在日本與西歐、情形都是一致的。」

這篇文章我讀了兩遍，覺得很有斟酌的餘地，武士與騎士雖然相似，但「武士道」與「騎士道」絕不是同一的東西。在某一個主題上，兩者都可以說是封建制度下的產物，然而西歐騎士那種尊崇女性、勇於冒險、對宗教熱誠等精神都不是東洋武士所可比擬的。西歐騎士通常在少年時期，已經進宮習一切宮廷禮儀、對於女性，自幼便養成傾慕呵護的心理，這在以後便構成西歐精神的一種特性，很有浪漫的氣味。西歐的封建社會裡，女性的地位並不高，卻受到男性千百般的呵護與追求，不像日本，武士對女性的態度平均都缺乏教養、東洋女性生來受歧視、遇到的痛苦，實不足為外人道。

西歐騎士對宗教所抱的目標，是跟法律與井然有條封建制度的探求相連的，對宗教的抱負，是着重維持社會的穩定，這與東洋武士重禪，注意力行是有所不同。

再說到忠君愛國、東洋武士只奉一主，這自然是因中國倫理道德的影響所使然，可是在歐洲，君臣間的關係猶如契約，互訂有權利與義務。作為騎士，是可以同時侍奉二個主君以上的。西歐騎士道始於十一、二世紀的封建時代，一路延展至十四世紀，才開始式微。現代的西歐人，儘管對騎士道還有某部分的認識，不外把它看成是古代的東西，不會在此時興起再行發展它的念頭。東洋武士道的情形則大異其趣，迄今還在連綿不絕地展延，無法切斷。武士尚武精神已根深蒂固植於一般東洋人心靈中，無可祛拔，因為事實

● 奈良本辰也所寫的《武士道系譜》

上，根已生牢了。德川幕府年間，是武士道由支離破碎趨向大滙集的時期，俟德川滅而轉入明治年間，各方面的專家對武士道輒加推敲，定下了不少理論，把各家所說集合一起，肇成一種思想的體系，跟現代每個日本人都有着非常密切的關係。

東洋人常常掛在口頭上的一句話是「櫻花與武士」，要了解日本，對這兩樣東西是不可不下功夫的。偶爾看到有人在談三島由紀夫，因而想到三島這位作家最堪代表日本人，這句話裡面的含義。三島君的確有着武士的特質，但在另一方面，我想他既然深受希臘歐洲文化的洗禮，自不免沾染了騎士的浪漫，這在日本大概是不多見的吧！

日本作家寫稿的怪癖

日本有名的小說家，平均一日要寫一萬字，以四百格一張原稿紙計算，即要寫二十五張，數量不可謂不驚人。據傳著名小說家梶山季之一小時便可以寫八千字，寫時，左手推原稿紙，右手下筆，速度之快，恍如打字機。梶山這樣的作家是日本文壇罕見的奇才，不但能寫流行的通俗小說，較有深度的純文學小說，他也能寫得頭頭是道。梶山初入文壇時，曾經寫過一本以朝鮮作為背景的小說叫做《李朝殘影》、文學的味道實在很濃，後來要找生活，改行寫起流行小說來，結果一紙風行，替他帶來不少財富。梶山喜歡旅行，足跡遍全世界，七五年到了香港，突然因胃出血被送入醫院，未幾就病死在香港，死時才不過五十多歲。

跟梶山齊名的川上宗薫，寫稿的速度也很快，不過他的小說多是對話，分行特別多，所以速度當然是比較快，他跟梶山有一點顯著不同的地方，便是梶山寫稿多揀在早上與中午，而川上則多在夜闌人靜的時候。梶山與川上兩人都酗酒，梶山就是因酒而被奪去了性命。在日本文壇上，梶山與川上同屬於享樂派的作家。他們所賺得的稿費，多花費在旅行喝酒方面，所謂「樂不思蜀」，他們可以對某一個地方沉迷而忘記了世上所有其他的人。

流行作家目的是在賺稿費，寫作時的態度當然沒有純文學作家的嚴肅與認真。純文學作家，他們所寫的作品，可以說是「字字皆血」，像川端康成的名作《雪國》，看過譯本或原著的人，都知道只是薄薄的一冊小書，但寫作的時間卻一共花去了十年。《雪國》全書不到六萬字吧！才不過是一百五十張四百格原稿紙，卻是用上十年方能寫成功，其間的心血可想而知。純文學作家在日本文壇上有着天皇一般的地位，並非無因。

在中國來說，能夠以純文學作品吸引讀者搶購的，數來數去大概只有郁達夫與魯迅，但在日本，純文學作家作品的銷路，往往是一般高級讀者爭購的對象。像三島由紀夫的書，只要一上市，不到一個月便要再版，三島死後，他的作品再由新潮社重編出版，銷路亦不惡，這可見到在日本即使硬起心腸「不怕勞苦地去做一個純文學作家，只要拿得出作品，是不愁餓死的。」

作家寫稿，多數會有一些怪癖，前面說過的梶山，在寫稿時是無酒不歡的。有人替他算過，打從早上起床，進過早飯之後開始寫稿，他便不停喝酒，至晌午甫過，兩瓶中號威士忌已給喝過清光。他的妻子因為怕他喝出毛病，有一趟替他把酒瓶收起來了，結果梶山枯坐一日無一字，他妻子見沒有辦法，只好任他開懷暢飲，於是作品源源不絕，正如懷中之酒，越飲越有。

三島由紀夫寫文章，也很奇怪，他必定要捱在深夜十二點鐘之後方肯下筆。寫時披上晨袍，獨坐在宏大的書齋中，直寫至東方既白。三島寫稿的速度，在純文學作家中是素以敏捷出名的，一天晚上寫它八千字至一萬字是很平常的事，而且字字工整，很少改動。跟他相反的，是他的老師川端康成，川端寫稿不快，而且改動又多，我看過他所寫的〈美的存在與發現〉的原稿，簡直改得一團烏。川端自從得到諾貝爾文學獎後，由於下筆時太過謹慎，影響文章的產量，流傳後世的晚年文章真是少之又少。

日本現在賺錢最多的作家是松本清張，十年以來，他幾乎每年都名列十大收入最高作家的榜首，收入之豐，一年多達港幣四、五百萬以上。松本以擅寫推理小說享譽於時，間中也寫寫所謂「都市小說」，描述大城小景的眾生相，很受讀者的歡迎。不過，讀者們還是喜歡看松本清張的推理小說。可是松本清張只有一個人，要他每天撰寫幾個推理故事，那是不可能的，因此他便借助錄音機，預先把想寫的情節錄進去，然後僱了一班助手，照錄音機所播的抄錄下來，交由他作最後修飾。相傳松本寫稿的方法在五年前已演變成這種現象，至於事實是否如此，那就不得而知。

作家寫稿有怪癖的，當然不止於上面所說過的那幾位，以後有機會，當會再寫下去，這兒暫且打住了。

一小時便可以寫八千字的梶山季之

必定要揀在深夜十二點鐘之後方肯下筆的三島由紀夫

松本清張先生印象記

一九七八年三月中旬，我代表香港佳藝電視公司，到日本去跟推理小說家商談有關版權問題，承日本新聞界友人的厚意，先後見到了許多著名的推理小說作家，其中包括了三好徹、中薗英助和松本清張等推理、間諜、神秘小說的權威人物。

我跟松本先生的見面，是在一九七八年三月十七日星期五的下午，時間是在兩點鐘左右。在此以前，我曾先後打了三次電話到先生的家裡去。第一次是在抵日後的第二日，即三月十二日的星期日上午，來聽電話的是一個年輕女人，她說：「先生正在休息，你下午一點鐘再打來吧！」

下午一點半，我從外面吃過飯回來，

●推理小說家松本清張

一進房間，便立刻打電話去。接電話的又是早上的那個年輕女人，她一聽，便認出了我的聲音：「是沈先生嗎？先生知道了，你等一會兒吧！」

過了片刻，話筒裡傳來一股沉厚緩慢的聲音：「喂！喂！我是松本！」以日本人來說，松本先生的日本語可以說是講得非常慢，不知道是否作家、學者都有這種習慣，在我認識的日本學者作家中，差不多有百分之八十以上，說話的速度，並不同於一般日本人，緩慢而且沉厚。我當下即把來意向他申明，他一聽，便說：「好的！好的！不知道沈先生在日本會停留到甚麼時侯為止？」

我答道：「老師（日本人尊稱長輩）！

我十八號就要動身回去了！」

「是嗎！」對方頓了一頓：「那麼十六號星期四好了，那天我有空，可以談談。這樣吧！那天下午四點鐘，請你打一個電話來，我們一起吃飯！」

我道了謝，懷着滿腹興奮，半挨在床柄上，光瞪着天花板發獃。

十六號上午，我在大手町讀賣新聞報館的茶廳內跟純文學作家日野啟三以及其他編輯記者談天。一看壁上的時鐘已指正四點鐘，便抓起櫃枱上的電話，急急搖到松本先生的家去。

松本先生聽到是我的聲音，便很客氣地表示，今天因為稿子還沒有寫完，所以逼得要取消約會，接着話筒裡傳來一刻的沉默，之後，那沉厚的嗓音又響了起來：「沈先生！這樣吧！明天下午兩點鐘，你有沒有空？有空的話，請到我家裡來，好不好？」我忙不迭的說好，他又叮囑着我說：「我的家在高井戶，坐井之頭線電車要在濱田山站下車，你下了車問問便行了。」我立即回答說：「老師！我知道了，我懂得怎樣來！」

「哦！」他似乎有點驚奇。

從我所住的「銀座第一酒店」，要去松本先生的家，大約有兩條路可行。其一是在有樂町車站坐山手線電車到澁谷，轉乘井之頭線。其二則是乘地下鐵路銀座線到澁谷，同樣換搭井之頭線。兩條路線，所耗時間差不多，但在我而言，為着節省腳力，自然是選擇後者了。

「銀座第一酒店」的不遠處，有地下鐵路地道，進了地道，只消走十來步，便到銀座線站，從這裡直到澁谷，車費是一百大元，耗時十五分鐘左右。

我在一點鐘別過朋友本橋春光教授，回酒店取了書籍禮物，匆匆踏上銀座線的地下鐵，到澁谷車站，剛巧是一點三十分。因為是禮拜五正午，許多人都在午膳，搭電車的人並不多，我走下石級，往左一拐，到了井之頭線入口。說起井之頭線，我是很懷念的，以前在這裡讀書，住在明大前，常有機會乘搭這條井之頭線。松本先生的居處濱田山，是在明大前下面的兩個站，我放下東西，朝行車線地圖一看，便把七十元放進售票機內，車票很快便「卡擦」一聲吐了出來。

車到濱田山站，是下午一點四十九分。濱田山是小站，只有一個出口，這對我來說，實是莫大的方便，至少不必向車站裡的人打聽該走那一個出口。

出了車站，腦子裡面雖然仍舊緊記着友人中薗英助的指示：「出了車站，記緊要沿車路走。」但是舉目一望，似乎條條大路通羅馬，不知選擇哪一條才好。

正自彷徨間，看到車站前有爿水果店，於是便走了進去。那老闆是一個中年漢子，一見我走進去，便綻開笑容，迎將上來。我揀了一包標價三千五百元的水果籃，付款時，順便向他問路。

他一聽，便用很詫異的眼光打量着我：「你是從香港來的，要找松本老師？」

我接過水果說：「有點事想要拜候老師，早於昨天約好的了。」

「哦！」他拍拍手：「你走出這間店，向右轉，沿着車路往前直走，到了第四個橫切路（即橫越電車路的小通道，通常都鋪上木板），便穿過去，再走幾步，就可以見到松本老師的家了，那是間很大的房子，很容易找的。」

我道了謝，問道：「松本老師，你可曾見過嗎？」

他笑了笑說：「常見面的呢！老師愛吃水果，差不多隔天都來買水果。」

「他人可和藹？」我追問。

「哎喲！」他撇撇唇：「老師對甚麼人都很和藹的呢！一點沒有大作家的架子，你見到他時，請代我問候呀！」

到了松本先生家門前，一看錶，已經是下午兩點零六分了。我把重甸甸的書籍放在門口的石階上，伸手去拍門。

這道門是用木造的，髹上豬肝色，很有一種質樸的氣味。門的左右，圍有石牆，牆不高，隔牆望進去，是一個日本式的大庭院。日本人家一般都不作興裝門鈴，松木先生的家也不例外，因此拜訪的人，要進屋去，不是敲門由裡面的人引進，便是自己推門走進去。我第一趟到訪，自然不能冒昧，只好拍門求見。而且，為表尊敬，更不便大力拍，這樣，拍了老半天，隔着一個大庭院的裡面的人，仍舊聽不到我這個門外者焦躁的拍門聲音。

這時候，我的背後，響起了汽車引擎的聲音。回身去看，一輛黃色的小汽車，不知在甚麼時候，從那裡駛了過來，停在我背後。一個中年模樣的男人，推開車門，走出車子。

我望過去時，他也正用着狐疑的眼光，在看着我。

「這裡是松本老師的家嗎？」

那男人聽得我這樣問，再看了我放在地上的三越百貨公司的紙皮袋一眼，彷彿猜到我是訪客的身份，便很和氣地說：「你可以從那道門進去！」說完，便用手指頭往我的右手邊指過去。

那裡有一道小門，我老早便注意到，但是門又矮又窄，門面上還貼着「內有惡犬」

的告示牌，顯然是不準備有人動用的。

我對那男人的指引表示感激，但也向他解釋，裡面可能有惡狗當道。「惡狗？」他有點懷疑地說：「我看不會吧！大概是條小狗，不會咬人的。」說完，便走過來，搶先推門走進去。走了幾步，回頭對我招手，示意我也進去。於是，我拿起紙袋，跟在他後頭，踏着碎石鋪成、迂迴曲折的小徑，直朝正宅走去。

走到門口，我踏上台階，用手敲門。

敲了幾下，裡面有人應門，我正想開腔，「呀」地一聲，門已經打開來了。一個穿着和服，手上抱着睡熟了嬰孩的日本老婦，正笑盈盈地站在我面前。我連忙報上自己的姓名。老婦一聽，便說：「啊！是香港的沈先生，老師早知道了，請進來吧！」

我走進去，在玄關那裡，面朝大門，背對裡室坐在木台上，換上拖鞋。放眼前望，剛才引我進來的那個男人的背影，正巧消失在那道小門的後面。

老婦看我換好拖鞋，便引我走進旁邊的客廳裡去，一邊走，一邊對我說：「老師正在休息，我去叫他下來。」

客廳的面積大約有兩百呎左右，比諸香港富戶人家，自不能算大，但是，日本人的住宅，一般來說，都屬纖巧雅緻，這種尺寸，已屬寬闊廣宏。

客廳中央，對放着兩排沙發，各有三張，合併一起，色作棕黃，予人以安詳的感覺。另有兩張同色沙發搭角橫放在另一邊，跟對放着的沙發，合構成「U」字型，一張長茶几正放在這「U」字陣圖中。

我在背靠着落地長窗外的庭院的沙發上坐下來，把禮物與水果朝茶几上放好。老婦對我笑笑道：「我去請老師下來，你坐一會兒。」

我站起來，制住她說：「不要！不要！讓老師睡好了，我等他一下，不要緊！」

然而，老婦卻好像沒有聽見一樣，拉上門退了出去。

我在這寧靜的客廳中呆坐着。

沙發的右手邊，是一座火爐灶。灶頭放着一個古花瓶。瓶的隔壁，豎有一塊木牌，大概是從神社中取回來的古物，上面刻着幾行綠色漢字，細看都是跟日本佛教有關的文字，與佛無緣的人自不易看得懂。我把視線移向窗外的庭院，綠草如茵，別有一番景象。香港家中藏有一本叫做《沒有果樹的森林》的先生所作的小說，書背有一幅在庭院裡所攝的照像，坐在沙發上，像電影鏡頭似的往後回想起來，那幅照像的背景彷彿便是現在視線所及的實象，怪不得才一看，便有點面熟陌生的感覺。日本的庭院，對我是一種極大的誘惑，我愛它不大而雅緻，雜亂而又有條理，比起香港富戶人家的西洋式花園，真不知要高明了多少倍。

在我將要步入近乎冥想的當兒，背後響起了腳步聲——老婦不知什麼時候，又走了進來。

老婦帶着笑容說：「天氣冷，忘了替你開暖氣。」這時我才發覺火爐灶中有一條膠喉，一路拖到座落在落地玻璃窗那裡的熱水汀。

熱水汀一開，滿室皆春。

老婦說：「老師知道你來了，他很快就來。」

我點點頭，繼續去看着對面角落裡的那個武士像。老婦也不說甚麼，退了出去。

武士身披古甲冑，困在玻璃罩中，眼睛直直前望，穿過玻璃窗，落在空寂的庭院中。武士的斜上角，掛有一幅油畫，畫的是靜物，大概是明治時代的遺物，不知道有沒有看錯，只是這般猜想。

對着我的那道門，忽地又推開了，外面閃進一個十分年輕的女人來。手上捧着一個木茶盤的她，只說了一句「歡迎你來」，我便認出她是我上兩回電話中的對手。我報以微笑說：「我們早在電話裡認識了。」

茶盤上放着一杯紅茶，用茶碟托着，碟上配有一包砂糖。茶大概是用熱水冲的，是以白煙嬝嬝，令人未呷已身熱。

年輕的女人用手指指茶杯：「沈先生，你請便吧！老師快來了。」女人退出去後的客廳，越來越熱，我先前的緊張，經過一波三折，也逐漸平靜起來。我彷彿坐在一個我熟識的地方，沒有絲毫的侷促與不安。

時間一分一秒的過去，對着我的那道門一點也沒有被推開的動靜。

我閉上眼，頭靠在沙發背上作假寐，一邊在想着過往在東京讀書時候的人與事。

突然間，門輕輕的推開了。那細微的聲音，在靜寂的空間中，蕩漾了起來。我睜開眼，站在我面前的是一個男人的身影。

我的視線逐漸恢復，於是那個男人的身影便依循着我視線轉清的程度而明朗起來。

「呀！松本老師！我是香港的沈西城，這是我的名片！」我將名片遞了上去。

松本先生接過名片，把眼鏡摘下，細看着，見我還立在一旁，便很客氣地說：「你請坐！」

「沈先生這趟來日本，是為公事的吧！」松本先生這樣問着，便在對面的沙發上坐下。

我點點頭：「可以這樣說。」跟着，便把帶來的禮物送了上去。

松本先生一眼看見水果籃，很奇怪地問：「咦！你怎麼會帶水果來的？」

「我剛才在車站附近的水果店問路，店主人說老師很喜歡吃水果，我乘便買了一小籃來。」

「謝謝！」松本先生把名片放在茶几上，眼光落在禮物上：「是墨水筆嗎？」

「不是！」我搖着頭：「是原子筆。」

松本先生聽我這樣說，立即拆開禮物，把金光閃閃的原子筆拿在手中播弄：「謝謝！很好！很好！」看了一會，他說：「你等一等，我送一點書給你！」說完，便站了起來。

● 初版的《半生之記》

「老師！請你等一等，我這裡也帶了一點來。」我制止着他。

「哦！是嗎？」他重新坐下。

我把他的《半生之記》遞了過去說：「老師！我很喜歡你這本書。」

松本先生拿起《半生之記》看了看說：「你對我的過去也有興趣嗎？」

「是的！」我恭敬地回答：「要研究老師的作品，必須了解老師的過去，這本《半生之記》正好提供了我這方面的資料。」

「原來如此！」他微微一笑，顯得十分高興。

《半生之記》可說是「松本先生前半生的傳記」，全書分成十九章，每章三千字至六千字不等，內容由「父親的故鄉」開始，而以「母親的故鄉」為終結，四十年以來的經歷，通過松本先生簡潔的筆法，給濃縮成短短的十來萬字，讓讀者同享先生前半生的悲歡離合與感情的波動。

我讀得這本《半生之記》，是在去年冬天。自書店購得新潮文庫版的小冊子，看了兩頁，立即便為樸素的文筆，情見乎辭的描寫所攝住，逼得一口氣的往下唸，結果一個無雨的晚上，因而花去。

「老師！我很喜歡這本書，它為你的前半生經歷，委實令人感動。」我拿起枱面上，今趟到了東京以後所新購的精裝本，翻到「內職文筆業」那一章說：「我最愛讀這一章，寫稿生涯不易，我有着同樣的體驗。」

松本先生用手把眼鏡往上一托：「這本書在寫的時候，很是隨意所至，沒有甚麼系統，寫完了之後，才知道潛意識支配了我的手腕，流露出半生的回憶。」

說到這時候，松本先生忽然像想起了甚麼似的，站起身子，對我說：「我要送你一些書，你坐一會，我上樓去替你簽名。」

先生離去之後，二百方呎的客廳又復歸平靜。我抽卷煙，把剛才凌亂的印象，重新整理。

當松本先生進門的時候，我是頭靠着沙發背在假寐，我彷彿沒有睡着，又似乎是睡着了，總之在朦朧中，被輕微的開門聲所驚醒，然後半睜眼睛，順着門聲向門的那邊望了過去。

一個不高不矮，不肥不瘦的身影，立刻躍進了我的眼瞳孔裡，也正由於這映象的突然顯現，我半瞑的思維開始醒轉。

當先生走到面前，我站起來的時候，我已經完全清醒了。他走過來的步伐是十分輕柔的，右手拿着一包「萬寶龍」與豬肝色包金的「登喜路」打火機，左手騰空着，平垂於左脇，頭髮是那麼地斑雜不純，銀白淺黑相雜，飄飄蕩蕩地垂在鬢邊，看來就像是剛起來不久，要趕着見生客似的，還沒有好好地梳理過。但是，這樣最好，既自然又飄逸，跟想像中的形象，正相符合。他在沙發上坐下來的姿態，也很隨便，可能是有過無數趟接見陌生人的經驗，臉上並沒有顯露出忸怩的神色。松本先生的樣貌，在日本人來說，應該是屬於平凡的一種，倘若要說有甚麼特徵，他那厚厚而向前翹出的下唇，該是最令人注目的了。

只要跟松本先生接觸超過兩分鐘，任何人都會發覺他的這個特徵，他那溫和的嗓音，正是透過這片厚唇而傾吐出來的。據說，聽着他說話，往往會令人神馳物外而渾忘周遭的景物，我也正有同樣的感覺。

松本先生再下樓踏入客廳，是這以後過了大約半小時的事。在這短暫的時間中，那個年輕的女人前後走進過來有兩三趟之多，第一趟是取走我放在几面上的名片，第二趟是捧去我帶去的書籍，至於第三趟，進來幹甚麼，已不存在於腦際中了。

再下樓來的松本先生是捧着一大堆書走進來的，把書輕輕放在几面，他便說：

「你懂得看英文的吧？這是我小說的英譯本，希望你能夠看一看！」

我把書接過，是厚厚的兩大冊，硬皮精裝，是《點與線》與《日本當代推理小說選》的英譯本。翻開內頁，書扉上寫着「沈西城樣，松本清張」。字是用毛筆寫的，乍看很有瘦金體的味道。對松本先生的字，在日本讀書時已有所聞，今趟到東京，作客三好徹先生家中，也曾看到過先生的書法，筆走龍蛇，氣吞牛斗。我謝過了，將自己對他的書法的感想告訴了他。他聽後，微微一笑：「還有幾本日本版的，要請你指教。」

日本版的小說中，有他個人的全集兩卷以及他的自選短篇小說選，每本都題了上款與署名，而且都是用毛筆揮就的。

他在我對面的沙發上坐下來，微仰着頭，忽然問：「沈先生，你是甚麼時候開始看推理小說的？」

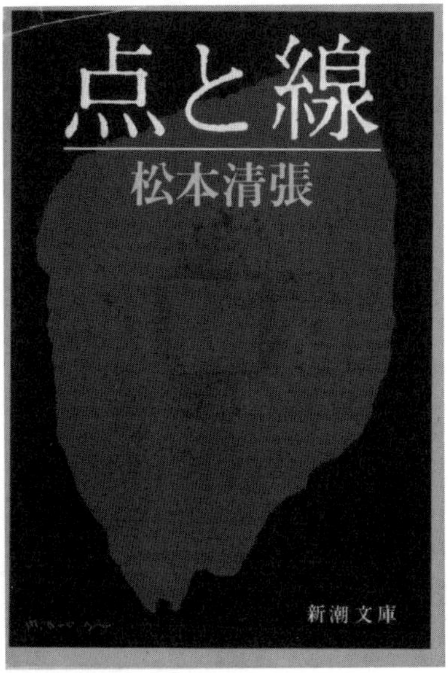

●松本清張的名作《點與線》

我捺熄了香煙，說：「大約是在七三年。那年我患腰病，聽醫生的話，到伊東山上休養。山上寂寞得很，因為身體荏弱，未能研讀純文學一類的書籍，只好選讀一點較易消化的讀物。後來我的日本朋友勸我看看推理小說，認為這樣可以幫助我的思考能力，於是我便開始看了下去了。」

「哦！」松本先生點點頭。這時年輕的女人送上咖啡。小小的一杯子，盛着香濃咖啡，我忙不迭的要替他加上方糖，想不到，他行動比我更快，已搶先替我加上了。

「最初看黑岩淚香與江戶川亂步，可是沒有甚麼深刻的印象。老實講，在讀書的時候，也讀過柯南道爾的福爾摩斯與愛倫坡的詭異小說，因此覺得沒有甚麼新意。如果講到幽怨詭秘，江戶時代的怪談一類書籍，更合我的口味。」

「你也喜歡怪談嗎？」松本先生喝一口咖啡問道。

「小泉八雲的書，我很喜歡。」我頓一頓說：「正當我對推理小說缺乏再看下去的興趣時，朋友帶給我老師的著作。那應該是七三年的夏天，學了半年左右日本語的我，首次拜讀老師的大作《點與線》。」

《點與線》現在已被公認為十本二十世紀最傑出的推理小說之一，對這個評價，我由始至終都保持着客觀的態度。我絕不否認《點與線》是一部優秀的推理小說，其層

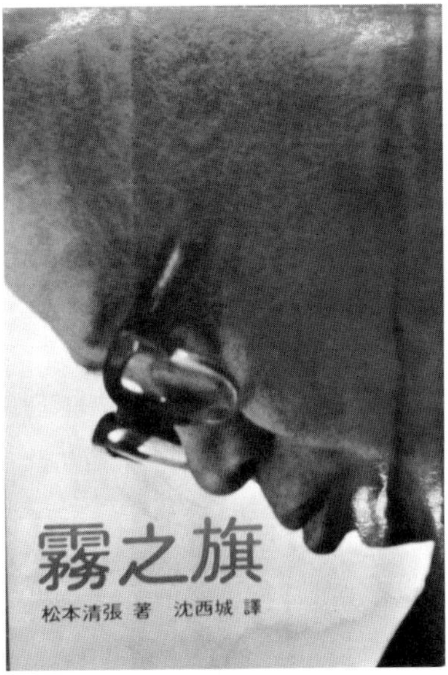

●後來我翻譯松本清張的《霧之旗》

次之清晰，脈絡之分明，確已做到無法不令人嘆服的地步，尤其是作者對日本電車線路的巧為運用與掌握，簡直可以說是神乎其技。寫《點與線》時，松本先生還未成名，要像現在那樣於寫小說之前做詳密的搜集資料工夫，自不能如成名後那般輕易，可見他寫這本小說時所費的心血，實在是無法估計的。但是，若要說《點與線》是松本先生的最佳作品，在我個人而言，是不能苟同的。以《點與線》的主要破案關鍵來作分析，顯然不能在今日日新月異的環境下立足。六十年代初期，日本人民並不作興乘坐內陸飛機，作者才能運用這條「TRICK」，巧布疑陣，若在今日，聰明的讀者，一眼便會猜到兇手是改乘內陸飛機，接合電車時間來作為他的不在場證據，懸疑味道因而便會削減。

不過，單是懸疑味低減，並不足以妨礙《點與線》在推理小說界中的地位，《點與線》的成就，到了現在，應該已不在於布局懸疑曲折，而在乎它那種超越傳統偵探小說界限，跟現有的社會連結一起的重大突破。把偵探小說從樊籠中釋脫，着眼於現代社會的一事一物，可以說是從松本清張先生才開頭的，而《點與線》便是這種新路線之下的第一作，它之被推為世界十大推理小說，主要的原因正是在這裡，跟故事懸疑與否無關。若要舉布局懸疑，情節感人，《沒有果樹的森林》、《砂之器》（港譯《曲終魂斷》）與《霧之旗》都該中選，絕輪不到《點與線》。

松本先生一聽我提到《點與線》，便問我對這本書有甚麼見解。我當下毫不猶疑就把上面這番話對他說了，並且表示這僅是個人的意見，有不對之處，尚希鑒諒。

他聽後，呵呵大笑：「你倒說得不錯呢！許多人對《點與線》只是一味地讚美，很少有人像你說得這樣坦率。你指出我的推理小說有社會性，這點，我十分同意。事實上，小說不跟社會結合，那就太沒有意思了。」

我點頭表示同意，說：「我看過權田萬治先生跟你對談的那篇文章，裡面也談到老師對小說的看法，頗多警闢之語，可惜書留在酒店裡，現在無法引證。」

「我對小說的看法，雖然隨着年代而有變化，原則宗旨卻一直未變，小說要讓人家看得有趣味，才能繼續寫下去，否則只是徒勞無功。」

「我看老師的小說，用字運句都很淺簡，但在某種程度下，對批判社會上的黑幕，卻常力發千鈞，這方面，我倒想討教一下。」

「這也沒有甚麼的，我只是平日比較留意社會上的物事。然後通過分析，把它們佈現在書而已。」松本先生十分謙虛地說。

我的朋友權田萬治先生是日本現時最享盛名的推理小說評論家，日本有名的推理小說作家的作品，差不多每一家都給他評論過了，他私下曾經對我說過：「以我個人的觀感，日本雖然有許許多多的推理小說作家，他們的作品的確也有引人入勝的地方，但說到卓然成家，我看只有江戶川亂步與松本清張兩先生。」

江戶川先生的作品，風格詭秘，跟橫溝正史相彷彿，以論影響深遠，實遠不及松本先生。

我對松木先生說：「上一個月（二月），香港放映了兩部由橫溝正史先生原著改編過來的推理電影——」

松本先生一聽，立刻便截住我的話頭，問：「是哪兩部？」

「是《八墓村》與《毬謠魔影》。《八墓村》是由野村芳太郎導演，他是老牌導演野村芳亭的兒子。《毬謠魔影》則是市川崑導演的。」

「反應好不好？」松本先生追問着。

「還不錯！不過因為是電影觀賞會的性質，沒有公開放映，普羅觀眾的反應怎麼樣，還不知道。」我抽起一根香煙：「香港的電影界、電視界現在也想在這條路開步走，希望能開闢一條新的製作路線。去年放映過老師原著《砂之器》改編過來的電影《曲終魂斷》，反應很好，但是另一部《影之車》，卻就遠有不如了。」

「為甚麼會這樣呢？」松本先生問。

「香港人看電影的口味不同於日本人，因此有時候日本人的情感，香港觀眾無法接受。」我解釋着。

「哦！」他恍然大悟似的：「這樣看來，我對香港的了解實在太過貧乏了。」

「老師到過香港有多少趟？」我問。

「三趟，」松本先生笑了一下：「每趟都像霧裡看花。」

「有沒有跟香港的文化界接觸過？」

「沒有呀！」他搖搖頭：「去年，我到香港取材，準備寫《熱絹》這部小說，也不過

●後來出版的《熱絹》

前後住了三日。所以雖說是用香港做背景，寫出來，恐怕很不着邊際呢！」他感喟地說着。

「香港是一個不容易了解的地方，無論政治、經濟都特殊得很，外國人跑到香港，走馬看花的逛幾日，如果能夠有一個比較不大淺薄的印象，作為香港人已經覺得十分滿足了。」我這樣說：「許多外國作家，還以為香港仍舊處於滿清政府的時代呢！」

「是的！」松本先生放下香煙：「香港在這二十年間，進步得實在太快了。」

一談到香港，松本先生的興致便來了。他拖動着矯健的步伐，登上二樓書齋，把一本厚厚的照相簿帶了下來。

他打開相簿，指着其中一張對我說：「這是我在香港拍攝的照片，你看看，覺得怎麼樣？」

那是一組以九龍城寨作背景的照片，由於是黑白照像，畫面更顯灰暗，其中有一張是松本先生穿着深色西裝，站在山頭上拍的，天氣可能是不大好，頭頂上灰黑黑的一片，把周圍都襯托得非常晦澀。

松本先生說：「那裡的環境原本便是這樣的，照片只是真實地紀錄着實際的情況。」

我凝神盯着照片，說：「我的朋友水禾田君是香港很有名的青年攝影家，他花了許多心血拍過一套叫做《城寨》的紀錄片，用八米厘彩色菲林拍攝，還配上中國小調音樂，在香港放映時很受歡迎，老師如果能看到，一定會感到高興。」

松本先生一聽，眨了眨眼說：「如果有一日能夠看到就好了。」他想了想，接着問：「聽說那是三不管地帶，現在怎樣了？」

「七四年以後，香港政府雷厲風行，把黃黑白三道的巢穴都搗毀了，九龍城寨在形式上雖然仍舊存在，以前那種黑幕重重則大概已成歷史陳跡！」

「我去逛遊時，領我去的人還向我提出警告，要我格外小心，尤其是日本人，裡面的人，大有仇恨。」

「這種仇日心理，在香港仍舊是有的，我想老一輩的心理，並不容易拗轉過來的。」

「仇日心理，會不會成為日本小說在香港流行的障碍呢？」松本先生問。

「這是不用說的了！」我堅決地說：「另外，日本小說在香港翻譯得太少，而且日本文化界跟香港也沒有甚麼聯繫。」

松本先生點頭表示贊同。半晌，又問：「香港的文壇現在發展成怎麼樣了？」

我懷着戰戰兢兢的心情回答：「以我個人的經歷來說，實不足替香港的文壇說話，可以說，我的資格不夠，因為香港有許多年紀比我大、閱歷比我深的前輩，目下還在努力耕耘，不過，這幾年來由於一直都在寫稿，也可以說以此為活，文壇上的動態多少還有點兒知道。」

松本先生點點頭：「香港有哪些作家，你可否舉一兩個來說說呢？」

我想了想，回答：「香港也跟日本一樣，作家大致可分為純文學作家與流行小說作家，另外還有一種是介乎其間的中間小說作家。」

「這樣說，在形式的區分上，香港跟日本大致是相同的。」松本先生喝了口咖啡：

「你不講，我就不會想到了。」

「先講流行小說作家，近幾年間，能夠冒起來的，委實不多，這是因為香港的流行小說文壇範圍太窄，不易有所發展。」我頓了一頓：「成了名的流行小說作家，現在仍舊孜孜不倦在進行筆耕的，可說大不乏人，這當然是跟接班乏人有關。」

「這種現象在日本並不明顯。」松本先生笑笑說：「或許有，由於我常坐在家中寫文章，所以才沒發現吧！」

我接着往下說去：「講到香港的流行小說，也應該先替它弄清楚分類，這才容易談下去。先說愛情小說，這就是日本所謂青春小說，近十幾年間最有名的是依達，他本身是一個年輕人，容易接近青年，因此作品多洋溢着一種青春氣息，在這方面，他有點兒近似五木寬之，可是講到深度，則顯有未及。其他寫愛情小說，像亦舒、嚴沁等女作家，作品都很受歡迎，尤其是亦舒，文筆很好，如果肯努力寫下去，不難成為香港的曾野綾子。」

松本先生點點頭：「原來香港也有這樣的流行小說作家。」

「香港有一種形式很奇特的流行小說，叫做武俠小說，在日本暫時還看不到有同類的小說，大概柴田錬三郎的眠狂四郎那類的小說，跟它有點接近。武俠小說在香港，以目前來說，是最受讀者歡迎的小說。」我呵了口氣：「武俠小說寫得最好的，以我個人的意見來說，近二十年來，只有金庸。金庸的武俠小說布局奇特，在某種程度上，很有推理小說的意味，但是正因書中人物都是活在舊時代的人，所以每本小說都襯托着特定的歷史背景，金庸的小說多以元明清三代來作背景，由於作者本身有中國古典文學的深厚基礎，加以又能融合章回小說的說故事技巧與西方現代小說裡的心理分析專門知識於一爐，因此作品不但富有最高的可讀性，而且也已超越流行小說的範圍，不單純是流行小說了。」

「這樣的小說家，我想在日本也是有的，像司馬遼太郎，柴田鍊三郎，山田風太郎，他們寫的小說，跟你所說的，似乎也很接近。」松本先生這樣提點着。

「我私下常把金庸比作司馬遼太郎。我很為他自豪，在香港如此惡劣的寫作環境底下，仍舊能寫出這麼多部好小說。」我說。

「你把金庸比作司馬，那麼誰來跟山田風太郎比呢？」

我看了看錶，說：「老師，談了這麼久，不妨礙你寫文章的時間嗎？」

松本先生低頭看了看錶，他把錶抬得很高，眯着眼，似乎不想讓時間溜掉：「還可以，再談二三十分鐘，好不好？」

「好！」我高興地說：「香港有一位才情很卓越的小說家，他的寫作範圍太廣泛了，舉凡武俠、愛情、偵探，甚至科學幻想小說，都在他寫作之列，他寫小說差不多已有二十多年的歷史，但年紀卻還只有四十二歲，我想他大概可以比作山田風太郎。」

「這麼年輕，就已有二十多年的寫作歷史？」松本先生咬着厚厚的嘴唇，滿臉狐疑的低問。

「他應該可以說是香港唯一以寫小說能過着豪華生活的作家。」我說：「他現在以寫電影劇本為主，小說不大寫了，在我來日本之前，他開始重新撰寫科學幻想小說。」

「他叫甚麼名字？」松本先生心急的問。

「倪匡。」我回答：「在我認識的香港小說家裡頭，他應該是最懂得享受生活情趣的人。我們中國人向來主張注意生活的情趣，倪匡是信徒，而且可能更青出於藍，也說不定，他平日搜集郵票、貝殼，另外又喜歡蒐求字畫，總而言之，他不願做金錢的奴隸。」

松本先生很留意聽着我的說話，到我說完，他便說：「真的，這樣有着各方面才能的作家，即使在日本也不多見哩！」

「撇開武俠小說不談，流行作家中三蘇也是十分有名的。三蘇以寫怪論最膾炙人口，這類幽默怪文，跟日本的遠藤周作，吉行淳之介很相近，嬉笑怒罵，不傷人心，這類文章不易寫得好，香港只有三蘇一家，別無分店。三蘇以前曾經寫過《經紀拉手記》這一類的書，當時在報上連載，已受到很大歡迎。我年輕的時候，曾經看過，現在再看他的同類作品，覺得這是很好的通俗文學，跟一般只求討得讀者歡心而寫的流行小說大不相同。日本人很喜歡谷柳所寫的《蝦球傳》把它翻譯成日文。三蘇的經紀拉紀錄了五六十年代香港社會的眾生相與發展史，比起谷柳，絲毫沒有遜色。」

松本先生聽了，連連點頭：「原來香港也有這樣傑出的作家，你以後要多多介紹給我呀！」

「至於純文學作家方面，傑出的人材，就不如流行小說作家那麼多了。」我有點感傷說：「香港的文學界，範圍太窄，可供發表的地盤不多，作家要吃飯，不能不做其他工作以維生計，這樣一來，就很難全神貫注於寫作上。」

「日本也有這種情形，純文學作家不易立足，逼得要另幹工作，這樣便嚴重影響了純文學的發展。」

要談香港純文學的問題，比起流行小說，不知要難上多少倍。這不是說香港沒有純文學（許多人都以為香港因為沒有文化基礎，純文學萌不起芽，這種觀念，基本上是錯誤的），而是二十年來，從來沒有文學評論家將它好好整理，作一個分析歸納的工夫，因此要談這個問題，往往覺得棘手，就像千頭萬緒，不知從何着手。

我把這種複雜錯綜的現象跟松本先生說了，他攤開雙手，一派無可奈何地說：「假定香港沒有肯做這種工夫的文學評論家，這就很難發展純文學的運動了。」

我說：「所以我一直以為除了純文學小說家外，文學評論家的出現也是很重要的。近二十年來，在香港出現的文學評論家並不多。我說的文學評論家，基本上是要求他們對文學的專一態度，並不涉及政治，或者即使跟政治有着若干程度的牽連，面對文學批評，也應該本着文學上的良心加以論述。」

松本先生說：「我也同意你這種說法，文學評論家或多或少會有他個人的政治思想，但是面對文學批評，就應該純以文學良心作為出發點。」

「這種評論家在香港出現的並不多。」我細聲說：「不過，胡菊人先生在這方面的努力，實在不容抹煞。」

「胡菊人？」松本先生愕了一愕：「這對我來說，是很陌生的名字呵！」

「胡菊人研究文學的範圍很廣泛，起初他探討西方的存在主義，近年以來，他多數在古典文學上鑽研。」我解釋着說：「我覺得他那種懷疑的精神最為難得，早兩三年前，他寫了一篇對魯迅在『一二八』戰役時身處何地表示質疑的論文，引起了京都大學教授竹內實的反駁，雙方因而寫文章就這個疑問進行討論，掀起港日文化交流熱潮。這個學術性的探討，雖然沒有結論，但是胡菊人與竹內實兩位先生的努力，是很值得欣賞的，胡菊人也喜歡評論現代小說，觀點雖然未能令每個受批評者接受，最少，他已打開了香港純文學批評之路。」

松本先生一面很專心的聽着，一面不停地抽着香煙。

我繼續往下說去：「令我覺得遺憾的是胡菊人每天的工作實在太忙，他沒有辦法抽出時間來對近廿年來香港的純文學運動作一個歸納的工夫。不過，在他主編的《明報月刊》裡面，也不時騰出篇幅刊登香港作家所寫的純文學作品，這對香港純文學運動，不多不少是起着推廣的作用。」

松本先生說：「這幾年來，我們日本的純文學也在走下坡，可能是現代人的生活太忙了吧！」

「這當然是原因之一，但是貴國的作家，頗有人喜歡在形式上創新，而忽略了傳統的精神，結果把發展起來的純文學重新趕入死胡同。」我說：「在香港也有作家喜歡在文學形式上翻新的，像劉以鬯，他是香港最早採用類似喬埃斯在《優里西斯》裡面運用的意識流文體來寫小說的作家。」

「意識流？你是不是指STREAMS OF CONSCIENCE？」松本先生問。

我點點頭：「劉先生的《酒徒》當時引起了極大的反應，不過在今日看來，就覺得只是徒具外形而乏實質了。這情形就跟日本的倉橋由美子與安部公房一樣，過於模仿歐洲文學，結果反而限制了個性的自由發展，可以說，劉以鬯跟倉橋與安部都是STYLIST，不過，縱然是這樣，劉以鬯在香港的純文學界中，還是佔有很重要的地位。」

「模仿也不是不好，如果過後能從裡面解放出來，另闢蹊徑，這就好了。」松本先生補充。

「在十多年前，還有一個叫做李維陵的小說家，他後來專心寫畫了，沒有再寫小說，我在香港跟他見過一面，承他美意，送了一本《荊棘集》給我，裡面刊有他幾個短篇，對現代人的心理遞嬗，有着很深刻的描繪。李維陵雖然也很受歐洲現代小說影響，卻能融滙貫通，用能令人接受的形式表現出來，令人覺得很可親近，他的擱筆，是香港文壇的損失。」

「香港有沒有專寫香港風物的作家？」松本先生忽然問。

「有，像上面說過的劉以鬯，他常以香港所發生的事物來作他小說的背景，他所寫的這類小說，可以劃分為兩類，其一是為報刊所撰，娛樂讀者的流行小說；其二則是不計稿酬多寡，甚或是義務性質的、娛樂自己的嚴肅小說，像《對倒》，就寫得很不錯，我曾經跟本橋春光教授合力把它翻譯成日文，在日本出版。」我回答着：「另外還有江之南，他用廣東話來寫普羅大眾的故事，生動而有社會意義，這可以說是『中間小說』，在意義上要比言情的流行小說高了一點。」

「照你這樣說，香港也有很多好的作家，他們的創作形式也顯得多姿多采，而取材也各有不同。」松本先生微笑地說。

「香港能寫好的長篇小說的作家並不多，而長篇小說能令讀者留下深刻印象的，更是少之又少。」我說：「徐速的《星星月亮太陽》，是比較罕見的例子，從印行以後到現在，已銷了好幾版，這在讀書風氣並不熾烈的香港來說，可以說是一個奇蹟。徐速的寫作技巧很沉穩，沒有甚麼洋葱味，令人感覺到這是道地的中國作品。」

這時，庭院裡北面的天穹上已遮起了薄薄的灰雲，我偶爾向玻璃窗外一望，陡地被這自然交替的景象所驚醒。這種突然之間投入視界的景象，令我覺得實在已到告辭的時刻。

於是，我把這個意思婉轉地對松本先生說了。

松本先生一聽，下意識地看看錶：「還早，再談一會吧！」

「老師的稿已經全部寫好了嗎？」我問。

「沒有！」他搖搖頭：「昨晚上睡得不好，還不曾動筆。」

「老師的寫稿時間大多數放在哪個時候？」

「我嘛，早上也寫，晚上也寫，整天沒停。」松本先生低低地說：「有時候真想歇一下，邀稿的電話卻又不停地打到家裡來。」

我正想搭腔，那年輕的女人走了進來說：「老師，平凡社的編輯打電話來，你要不要聽？」

松本先生抬起手，停在半空，臉上露出不耐煩的神情，想了想，正想搖頭，驀地又站起來，輕輕地搖了搖頭說：「好吧！好吧！」他便走了出去。

大約過了五分鐘，松本先生復進客廳，他站在門口，向我招招手：「沈先生，要不要參觀一下我的書齋跟書庫。」

這正是我夢寐以求的事，當下也不暇答話，站起來便跟在松本先生的後頭，向樓梯那邊走了過去。

客廳外的地板並沒有鋪上地毡，隔着襪子踏在光滑鑑人的木板地上，如果不習慣，很容易會摔倒。我一隻腳踏於其上，便險些兒摔倒。

樓梯是通往二樓松本先生的書齋。

書齋是松本先生寫稿的地方，面積跟客廳相彷彿，大抵有二百方呎，一張大書桌放在角落，靠着左邊窗子。桌上兩盞大枱燈，正放着淡黃的光芒，照耀着攤開的稿子與疊着的書籍。書桌地下，周圍都是書籍與文件夾子，另外四壁皆放有書櫥與鋼櫃，書櫥放書，鋼櫃置資料，都是松本先生充實智慧的寶物。

我站定在門口看了一會，便跟着松本先生穿過小走廊，踏進書庫。

說實在的，我很少見到過像這樣的私家書庫，三排書架平排列着，每架三格，放滿各類書籍。書庫裝有防潮的冷氣調節，面積之大，簡直有如小型圖書館。松本先生穿插其間，臉上掛滿安詳的笑容。

他指着其中一個書架，對我說：「這裡專門陳列歷史書籍，我現在在研究中國歷史，你看——」他取出其中一本唐史對我說：「我正在看唐史。」

我問：「老師看得懂中文嗎？」

他笑笑回答：「勉強能看得懂，啊！是了，『唐朝』，中國話怎麼唸？」

我把「唐朝」的國語唸法告訴了松本先生。他一聽立即問我廣東話怎麼唸，上海話又怎麼唸。我一一告訴了他，他好像覺得十分奇怪似的問：「你可以說幾種話？」我答以大約六七種，他翻起眼，用手在我肩膊上拍了拍：「你可真了不起呀！」

「聽說老師也能講很流利的英語，這也是了不起呀！」

松本先生聽得我這樣講，不禁「哈哈」大笑起來說：「你不也是一樣能講嗎？」

我們並肩走到下一層書庫，那裡有各類文學書籍，我立定在那擺滿日本現代文學書籍的書架面前，對着作家全集出神。

松本先生笑問：「沈先生很喜歡日本現代文學吧？」

「我很喜歡夏目漱石跟永井荷風。」我指着夏目漱石全集說：「魯迅也受過他的影響。」

「香港的作家有出過甚麼全集嗎？」突然，松本先生這樣問。

「很少！」我回答：「徐訏出過全集，我想他是香港唯一出過純文學全集的作家。」

「徐先生有多大年紀了？」

「約莫六十歲左右，他是五四以後的作家，作品很有哲學氣味。」我說：「他也寫文學批評，很有見地。可惜現在不大寫了。」

「文學批評不容易寫，我雖然不寫，但也知道其中苦況。」松本先生用帶點解釋的口吻說。

「我以為寫文學批評的，最好是三四十歲的文學家，這時候精力旺盛，而心態也已達到成熟的階段。」我說：「近年來，這類文學評論家並不多，林曼叔是其中的表表者，他寫的《中國當代文學史稿》，是部巨著，裡面除了介紹四九年後中國作家的作品，還附列評論，可惜他沒有評介香港作家的作品，這是美中不足的地方。」

「文學評論家的養成，並非是一朝一夕的事，這條路在日本也是十分寂寞的，只有能忍受寂寞的人，才能當上好的文學評論家。」松本先生說着時，伸手打開了書庫旁邊的一道門：「這是我收藏古董的地方，你要不要看看？」

我走進去一看，裡面全放着許多珍貴的古董，有來自埃及的千年古物，也有來自中國的陶瓷與古畫，總之是琳瑯滿目，美不勝收。

「香港也有人弄這個玩意吧！」松本先生帶點詢問的語調問：「我們這裡有許多美術評論家，他們對美術古董都有很湛深的研究。」

「對古董，我是外行，畫嘛，平日也看過一點兒。在香港也有許多懂得美術的專家，他們研究美術，態度踏實，不浮滑，重實際，論調也很公正。」

松本先生說：「日本的美術評論家多得很，他們各有見地，有時候也辯論得很厲害呢！有人主張藝術要經過辯論，才能發出光輝，產生真理，也有人認為辯論不會有所結果。」

「老師講的現象，現在正發生在香港的畫壇當中，對美術我是門外漢，那一種見解正確，自然沒法知道，不過如果辯論的態度能嚴正不阿，沒有故意從雞蛋裡挑骨頭的，我想這樣對藝術的擴展一定會有所幫助，最怕起初是懷有這樣的態度，到後來卻變成意氣相爭，這不但於藝術沒有幫助，相反還會阻撓它的發展哩。」

「日本的美術評論家雖然也有爭論，大多數都是基於純為發展藝術而出發的，所以對藝術領域的擴展，或許利多害少。」

「近一兩年香港也出現了一兩個這樣的畫評家，像談錫永，他是烈性子，對看不過眼的事，往往忍不住要提出自己的意見。他的意見有時或許過激，未必為人接受，但是我相信他是出於誠意。香港能說真話的美術評論家實在太少了，他的出現，雖然令許多人覺得頭痛，惟對香港美術的前途而言，或許會有暮鼓晨鐘的作用。」

松本先生說：「說真話，在日本也是難事。我以前寫小說，寫到有關政治黑幕的，有許多人都叫我不要寫，因為這會引起許多人的反感。到後來寫成出書，銷路很好，許多人又以為我是故意這樣。」

「這正是現代人的自私心理作怪，一個人講真心話的主要動機，應當不是要別人怕自己，如果以為這樣可以橫行，這就錯了。」我附和着。

松本先生指着玻璃櫃裡一個石像：「這是我在埃及買回來的，聽說是三世紀的古物，你認為怎樣？」

「不錯！我欣賞古董，倒不是在乎它們的價值，而是從這上面大約可推敲出古代的文明。」我說。

「我現在也在研究中東的古物，套用學術用語，就是考古。」松本先生微笑着說：「老了，許多事都不能集中，所以還沒有一點成績。」

「我認為考古即等如推理，一層層推上去。」

「我同意你這樣說，而事實上，哪一門學科不是推理呢！推理在某一方面來說即是『懷疑』，你說對嗎？」

「做學問的工夫，如果能運用推理邏輯，就必定會事半功倍。」我表示同意：「對要研究的某一個課題，存有懷疑，若能按照手邊所收集得到的資料，按部就班的追查下去，從分析到歸納，便會把面對的難題迎刃而解。」

「有時候，會走到半途，便走不下去的。」松本先生說：「於是唯有改弦易轍，從另一條線索追查下去。」

「我看過你對古史辨疑一類的著作，採取的大概便是這種方法吧？」

「是的，我在把古代的歷史來加以『推理』。」松本先生笑說：「你知道，日本歷史上有許多疑團，到目前還未能弄清楚，我把它們推論，雖然未必一定能查出真相，但是總希望能對讀者提出個人認為可能的事實。」

「我國歷史上的確也存在着許多許多的疑案，如果歷史學者能運用推理的科學方式來加以追查，一定會有不少新的發現。」

「我相信中國學者必定會這樣做。」

「我常常認為推理小說的真正意義，並不在它提供給讀者的高度趣味，而在它那種對事物鍥而不捨，條分縷析的現代科學精神。」

松本先生對我看了看：「沈先生對推理小說很有研究呢！」

「研究說不上，」我頓了頓：「這只是我這兩年來的個人看法罷了。」

「推理小說的範圍應該要不停地加以推展，停留在某一個階段，或趦趄不前，無疑便是宣判了推理小說的死刑。」

「松本老師把戰後的推理小說提昇到一個嶄新的階段，令推理小說獲得了新的生命，這是很難得的。」我抽着煙：「正如剛才我說過的一樣，你的小說，幾乎每一篇都結合着社會性，令人不但覺得可以接近，而且認為真實。這對寫故事者下筆時，是否會產生部分的困難呢？比方說故事中的人物怎樣寫才能接近現代人的個性，換言之，他是否符合現代人心目中的現代人。」

「我在寫小說時，必定進行搜集資料。」松本先生解釋着：「然後才經過分析、考據，才運用到我的小說裡面去。至於人物，在我幹記者這一行時，已接觸過不少，即使現在每天為寫稿忙，我都會抽出時間多跟各階層的人物接近。我到香港的時候，不但去過九龍城，而且也去過香港的酒吧，跟酒吧女郎談過話，雖然吉光片羽，對了解酒吧女郎這種風塵女性，多少是有一定幫助的。」

「聽說你去年去香港是專為搜集新小說《熱絹》而去的——」

「是的！」

我們離開了書庫，從樓梯走下樓去。

一邊走一邊談，到了書庫門外的一排書架前，松本先生指着架上排滿着的外國書籍說：「我常常看外國的偵探小說，研究他們寫作的技巧，我也看犯罪心理學一類書，這對創作故事人物的犯罪心理，有一定的幫助。」

書架上的書，大多已顯得十分陳舊，我問：「這都是舊書吧！」

松本先生指着其中一本有着棕褐色封面的書說：「這本書是一九二五年的版本，距今已有五十年了，我拜託人在倫敦替我買回來。」

「所有的書都是託人從倫敦買回來的嗎？」

「不！有的是我遊倫敦時，自己買回來的。」松本先生說：「倫敦的書店很有古味，走進去，便不想出來。」

「日本也有這種書店，像神田舊書店，便很教人留戀。」

「這兩種味道是不同的。」

我們走下樓梯，回到客廳。

窗外，天色慢慢黑下來了，這時已差不多接近四點半了，初春的日本，仍舊是日短夜長，灰黑的天色，似乎在提醒我已到歸去的時候了。

我把帶來的兩部先生的中譯本遞到他面前。

松本先生接過：「謝謝！聽說你也有翻譯過我的作品，對嗎？」

「是的！」我把翻譯的複印本交給他：「可惜沒出過單行本，所以唯有送你複印本了。」

他接過，看了看說：「啊！是《襪子》呢！」

「是的！是老師的新作。」

「我聽朋友說，你在香港翻譯過許多日本作家的作品，其中包括有純文學與大眾小說——」

「是的！這不過是為了生活而已，還膚淺得很。」

「好！好！這工作你得繼續做下去。」松本先生微笑地對我說。

我理了理衣服，站起來向他告辭。松本先生大概要開始寫稿了，也不加強留，送我到玄關，看着我穿鞋子說：「沈先生！你很瘦，要多吃一點才行呀！」

我提了兩袋書，走到庭院中，回過去望正屋，穿着和服的松本先生正倚着門向我微笑地招手。

附記：這篇文章有日語譯本，刊載《松本清張研究》第十五號年刊裡。

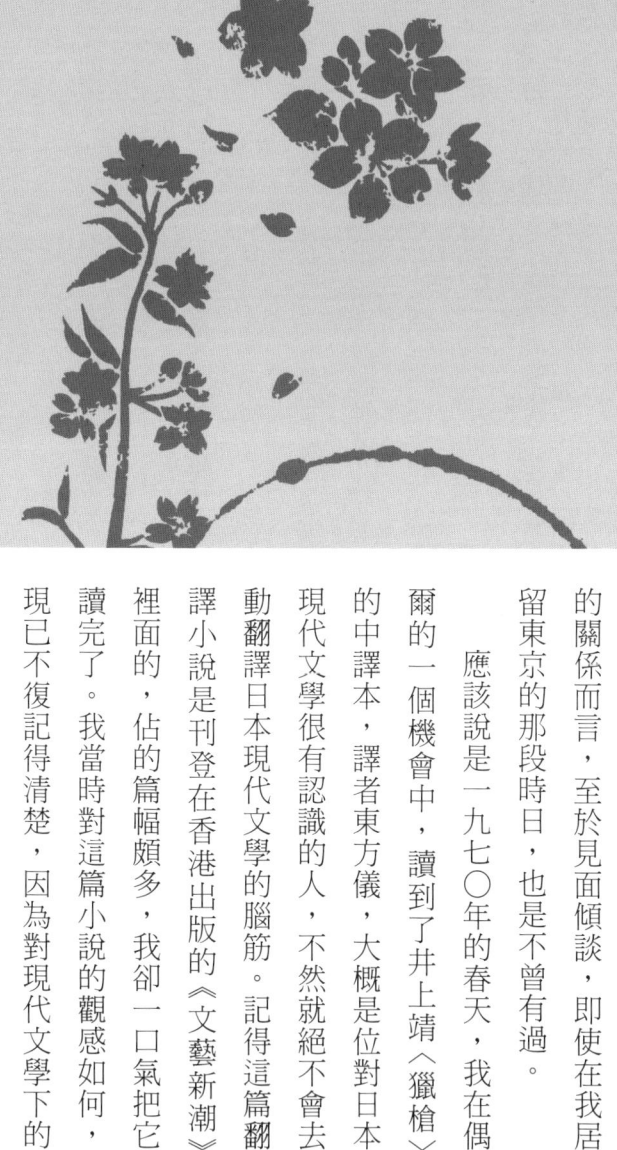

井上靖其人及其作品

前言

井上靖和我的淵源，說起來也有六七年了。所謂淵源，亦僅是指作家與讀者間的關係而言，至於見面傾談，即使在我居留東京的那段時日，也是不曾有過。

應該說是一九七〇年的春天，我在偶爾的一個機會中，讀到了井上靖〈獵槍〉的中譯本，譯者東方儀，大概是位對日本現代文學很有認識的人，不然就絕不會去動翻譯日本現代文學的腦筋。記得這篇翻譯小說是刊登在香港出版的《文藝新潮》裡面的，佔的篇幅頗多，我卻一口氣把它讀完了。我當時對這篇小說的觀感如何，現已不復記得清楚，因為對現代文學下的功夫尚淺，所得到的大概只是蜻蜓點水的印象，談不上什麼心得與領會。

然而在這以後，我便開始留意起日本現代小說來了。七二年秋天，我隻身到了東京，在大久保國際學友會研讀日語，彼時，我所認識的日本作家（僅指作品而已），只有川端康成、三島由紀夫、安部公房與井上靖。前兩位已在我抵日前，自殺逝世了；後兩位，基於私人的感情作用，我比較偏向井上靖。於是在唸了三個月的日本語後，我便急不及待的，跑到書屋去買了井上靖的長篇小說《風濤》，帶回家中細讀。以我那時的日文程度，別說是純文學小說，即使是用語簡單淺白的報紙文章，我也應付不了，但是我仍然抱着堅定的決心，藉着字典之助，模模糊糊的讀了個梗概。

故事的梗概讀畢，更增加了我對井上靖的欽佩，於是在同年春天，我就不揣冒昧地掛電話到井上的府上去，希望能夠拜晤他。來接電話的是一個聲音很柔和的日本女人，她在電話裡叫我稍等一下，便讓井上靖親自來接聽了，井上靖的聲音十分低沉，在問明我的身份跟用意後，便很和氣的說道：「我現在每天都在忙寫稿，實在騰不出時間來，下個禮拜，我又要離開東京出門去旅行，要一個月後才回來，請你屆時再來一個電話吧！」

這誠然是變相的拒絕，然而我並沒有氣餒，過了一個半月，我依他所說再掛電話去提出請求，這一次，他回答道：「我是很希望跟你見面的，但是最好你能通過一個我熟悉的人來安排，你認為這樣是不是更好呢？」我接連吃了兩記悶棍子，自然不能不作罷。我安慰自己說：「大約我跟井上靖的緣分，就止於神交的範圍吧！」

這幾年中，我看過的日本現代小說，不能算少，唯是對井上靖的敬佩之心，迄今未稍減。近日看到報紙報導，說井上靖的小說《敦煌》，將會由中國跟日本合作，攝製成電影，並已定於明年開鏡，日本方面為鄭重其事，特別派出小林正樹出任導演云云。這無疑是中日電影界突破三十年障礙的盛事，我在讀過這一則消息後，內心的喜悅，是無以名狀的。在我個

● 井上靖

人的想像中，像井上靖這樣優秀的日本作家的作品，老早便應該多介紹給中國讀者，現在，雖說開始得稍晚，但總比按兵不動要好。

關於井上靖，香港的讀者大概是比較陌生的。在這裡，筆者願以所知，把井上靖的經歷及其作品內容，呈現於大家的眼前。為了行文簡潔，便於敘述，我把文章分為四節，其一是敘述井上靖的家世；其二是描寫他的嗜好與生活趣事；其三是分列他的重要作品及其小說的外國譯本；其四則是勾劃出其作品的特色，希望讀者能通過這篇文章對井上靖獲得初步的了解。

七七年七月三日記

身世與經歷

有關井上靖身世的資料，找尋頗易，不過，正由於斑駁不純，整理極為艱難。現就山本健吉所寫的《井上靖傳》及福田宏年所製訂的年譜，約略寫成下面井上靖的身世及經歷。

井上靖於明治四十年（一九〇七）五月六日，生於北海道石狩國上川郡旭川町第二區三條通十六番二號，父名隼雄，是陸軍二等軍醫，服務於第七師團軍醫部。母名八重，是靜岡縣田方郡上狩野村湯島井上眾的長女。隼雄原姓石渡，因與八重結婚，改姓井上。靖的曾祖父井上潔是第一代軍醫總監松本順門生，由於家學淵源，井上家世代都以行醫為活。隼雄過繼井上家後，亦以陸軍軍醫作為終身職業。

井上靖一歲時，朝鮮發生反日暴動，他父親所屬的第七師團奉命出發赴朝鮮，井上於是便跟母親八重返回故里湯島。從一九〇九年起，年幼的井上，便生活在「流動」的漩渦裡，因為父親職業上的需要，他們一家都要不停地搬遷，時忽兒在靜岡，時忽兒在半橋，生活沒有一刻的安定。

一九一三年，井上靖年僅六歲，他父母便把他交由住在湯島的祖母撫養。井上靖在《我的自己形成史》中回憶這件事說：「大概那時我的雙親，因為有了我妹妹的誕生，人手顯得不足，想把我交由祖母撫養一個時期的吧！後來祖母鍾愛我起來，不願我離開，而我也喜歡了祖母，沒有返回父母身邊的心情了。」翌年，井上靖開始上學，這間學校便是湯島小學。一九二一年，井上靖重新回到父母的身邊，是年他考入靜岡縣立濱松中學。翌年，轉學沼津中學，寄住在靜岡縣三島町親戚的家。這一年，井上靖舉家赴台灣，其父出任衛戍病院院長，靖由於學業關係，獨留在日本。

一九二五年，井上靖年方十八，開始閱讀文學書籍。越二年，考入第四高等學校理科甲部，準備克紹箕裘，研習醫學。在四高讀書時，他開始對柔道發生興趣。四高畢業後，井上靖忽然覺悟他對自然科學並沒有什麼慧根，於是考入九州帝國大學法文學系。但是只讀了一年，便又自動退學。在這一年間，他無心向學，只是日日寄情於詩書：當時，希望自己能成為詩人的井上靖，加入了福田正夫所編的詩刊《焰》專心作詩。一九三三年，二十五歲的井上靖又對美學發生了興趣，隻身跑到京都，考入了京都大學哲學系，在京都大學的四年中，井上靖依然不改他那怠懶的習慣，把上學視如兒戲，每日只專心研讀詩書。因為想要擁有固定的「地盤」發表詩作，他跟哲學系同學合辦了一個同人雜誌《聖餐》。一九三五年，井上靖放棄了大學畢業考試，專心創作他的戲劇《明治之月》。這篇戲劇創作，後來發表於同年六月號的《新劇壇》上，十月還得到守田勘彌劇團賞識，在新橋誼舞場上演。十一月，井上靖跟京都大學名譽教授足立文太郎的長女文子結婚，這年他才二十八歲。翌年三月，井上靖繳呈畢業論文《純粹詩論》，而獲得了畢業，同年，他以小說《流轉》，獲得千葉龜雄賞。八月，因得每日新聞社京都分局局長岩井武俊的幫忙，進入大阪總社編輯部服務。一九三七年，中日事變，九月間，井上靖被召入伍隸第三師團軍需部隊，派駐中國華北各

●井上靖的成名作《鬥牛》與《獵槍》

地。翌年一月，因病回國，四月獲得解除兵籍。

一九四四年，井上靖出任每日新聞社副參事，調在社會部服務。四七年，井上靖着手撰寫他的成名作《鬥牛》與《獵槍》，四九年，《獵槍》得佐藤春夫推薦，經大佛次郎、今日出海之手，在十月號的《文學界》發表。同年十二月，《鬥牛》也發表於《文學界》。《鬥牛》是井上靖嘔心瀝血的傑作，發表後，文學評論家對它一致好評。翌年，第二十二屆的芥川獎，經由評考委員會一致通過，頒贈給井上靖，是年他已經四十三歲。

井上靖得到芥川獎後，他的寫作生涯可謂一帆風順。這以後，他的經歷值得加以記載的，並不太多，反而他在文學上的成就，卻是值得詳細介紹的。關於這一點，我將會在第三、四節裡加以敘述，此處茲不多贅。

成名以後的井上靖，很獲得中國的欣賞，屢次邀請他到中國訪問。一九五七年，井上靖跟山本健吉、中野重治一起訪問中國。一九六一年六月二十八日，井上靖又應中國對外文化協會的邀請，偕平野謙、有吉佐和子等到中國作第二次的訪問。一九六三年九月二十七日，井上靖又以紀念鑑真和尚圓寂一千二百年訪中日本文化代表團的成員，出發訪問中國。從這三次的訪問當中，可見井上靖跟中國的關係是如何的源遠與密切了。

進入七十年代的井上靖，寫作已不如前勤力，他最新出版的長篇小說《花壇》，寫於七五年，同年七月一日至七六年二月十日止，曾連載於《秋田魁新報》。今年七十歲的井上靖，是現存日本少數的老作家之一，許多評論家認為，以他作品的深度而言，他應該是最可能繼川端康成之後，第二個獲頒諾貝爾文學獎的作家。

平日嗜好

作家有他嚴肅的一面，也有他輕鬆的一面，這個話放諸井上靖身上，可半點兒也沒錯。井上靖在創作的時候，是絕對需要安靜的，也不容許人家騷擾他。但是到寫作完畢，他卻是一個很愛朋友，具有紳士風度的人物。

據說，井上靖的念舊觀念很重，尤其是對曾經撫養過他一段時期的祖母，一直到現在，仍不時向相熟的朋友提起。井上靖少年時代，隨祖母住在湯島。說起來，井上靖的這位祖母，只是他祖父井上潔的侍妾，不過，因為溫婉賢淑，井上靖就一直把她看作是自己最可親近的人。井上靖的祖母是烹飪能手，所做的菜不但滋味鮮美可口，而且菜式新穎多變，當時，井上靖最常吃到的，便是咖喱飯。井上靖對朋友表示，祖母所做的咖喱飯，味道可口，令人永遠難忘。因此，即便現在在酒館喝酒，他也不會忘記叫碗來吃。但是，井上靖對咖喱飯的選擇是很嚴格的，他要求的標準是「顏色不焦黃，進口要滑溜，獨具一種香味」。他說，如果不是這樣，就回想不起祖母所做咖喱飯的味道了。

提到讀書，井上靖實在不能算勤學，如果說得不好聽一點，還應該說他是一個

「壞學生」呢！在大正、昭和年間，一般學生只需花上六年，便完成高中加大學的六年課程。然而細看井上靖的年譜，他卻要讀上十年，比人家居足足多了四年。在大學的時候，井上靖愛跟一班文人雅士來往，聽說，他結婚的翌日，酒還未醒透，他那班搞同人雜誌的朋友已經來鬧新房了。由此，可見當時生活的散漫。

井上靖雖然生得一派文質彬彬，對運動卻絕不忽視。在四高唸書的時候，井上靖已加入了柔道班。那時學界中，以四高跟六高的柔道功夫最高，這兩間學校的學生，常為校譽拼得你死我活。四高的絕技是寢技（即躺着戰勝對手），六高的恰正相反，以立技（即站在地上擊敗對手）名揚於時。四高的學生，凡加入柔道班的，都是專門練習「寢技」的。井上靖在四高讀到畢業，因此，他的柔道技藝不弱，是屬正規的黑帶三段。紳士型的井上靖，並沒有恃着柔道來向人挑釁生事，只是有一次，實在忍受不住一個醉酒朋友的糾纏，才使出柔道把對方摔了開去。

除了柔道，井上靖也喜歡爬山。他跟生澤朗、山本健吉等人組成一個爬山會，常常趁着假期，出發到各處爬山，到中國西藏旅行時，井上靖便運用他嫻熟的爬山技巧，攀登高峰，盡覽佛洞。

井上靖平日最大的嗜好，便是喝酒，他的酒量很宏，能豪飲而不易醉，日本的文學界中，例有酒徒選舉，井上靖許多時都榮獲「酒王」的銜頭。所謂「酒王」，除了要具豪飲的條件外，最重要的，還是要講求酒德。井上靖的酒德十分好，卻不能多喝日本酒。聽說井上如果喝上四五瓶日本酒，那麼間中也會用柔道絕技把隔壁陪酒的侍女摔倒在地上的。

主要作品及譯本

如果不把早期作品如戲劇《明治之月》與小說〈流轉〉列算在內，井上靖真正的寫作生涯應該始於一九四七年他四十歲的時候。山本健吉在《井上靖傳》中說：「昭和二十二年（一九四七）二月到三月，井上靖寫完《鬥牛》，這是實際上繼〈流轉〉以來，隔了十一年後的小說。翌年一月又寫成《獵槍》……《獵槍》本來是要發表在和田芳惠所編的中間小說雜誌《日本小說》中的，但是在印刷所排好了版，雜誌倒閉了……。後來小說由佐藤春夫推介給大佛次郎，交給《文學界》的總編輯上林吾郎，發表於一九四九年十月號的《文學界》，而接着十二月號又發表了《鬥牛》，而井上也就憑着《鬥牛》得到了芥川獎。」由此可見，井上靖的成名已在中年，在日本的文壇中，是比較罕見的。

自一九四七年到一九七七年，這漫長的三十年中，粗略估計，井上靖起碼寫了百多個長短篇小說。這百多篇作品中，包括着各類形式的題材，諸如愛情、武道與傳紀，取材的繁雜，筆法的細膩，都顯出了井上靖遲熟的才華。

嚴格地說，井上靖有時為了應付雜誌社的催索，不免也有濫作，這百多篇的小說，自然不可能每篇都是珠玉。現在就井上靖寫作的階段，把他的作品分成三個時期，並於可能範圍之內，附列出每個時期的代表作。

井上靖寫作的第一個時期，是在一九三二年他改入京都大學哲學系的時候。根據年譜，那年他跟同系同學合辦了同人雜誌《聖餐》。這時期的作品，遺留下來的並不多，比較著名的，是《明治之月》與〈流轉〉，這是井上靖的萌芽時期的作品，內容未達到成熟的階段。

從一九四七年到一九五六年，可說是井上靖寫作的青春期。這時期的作品可分成兩類，其一是純文學的，其二是中間派的。福田宏年在井上靖小說《這回輪到我了》（《文春文庫》一九七六年十月二十五日版）中所寫的〈解說〉表示，井上靖從五〇年到五六年為止，一邊在寫純文學小說，一邊在寫中間小說（中間小說，即指介乎於純文學與通俗小說間的小說）。福田宏年說：「這是因為在五〇年到五六年間，中間小說與新聞小說，特別興盛的緣故。」

以純文學小說而言，這時期最具代表性的，當然便是《獵槍》與《鬥牛》。其餘重要的純文學創作還有《比良的石南花》、（《文學界》五〇年）、《玉碗花》（《文藝春秋》五一年）、《某個作家的生涯》（《新潮》五一年）、《冰之下》（《群像》五二年）、《漂流》（《文學界》五三年）、《姨捨》（《文藝春秋》五五年）與《射程》（《新潮》五六年）、《冰壁》（《朝日新聞》五六年）。

可能是為生活與應雜誌報館所需的緣故，這九年間的創作生涯，中間小說的份量，遠超過純文學創作。以中間小說而言，內容約可分成戀愛、武道與自傳三類。戀愛性質的，可以《結婚紀念日》（《小說公園》五一年）、《青衣之人》（《婦人畫報》五二年）、《春的海圖》（《主婦之友》五四年）與《漲潮》（《每日新聞》五五年）為代表。武道的則以《戰國無賴》（《禮拜日每日》週刊五一年）、《風與雲與砦》（《讀賣新聞》五一年）、《風林火山》（《小說新潮》五三年）與《真田軍記》（《小說新潮》五五年）為最佳。至於自傳性質的，當以《柏樹物語》為代表作。

福田宏年在《這回輪到我了》的〈解說〉裡說：「一九五七年，井上靖的小說《天平之夢》開始在《中央公論》連載之後，他便改向歷史小說發展自己寫作的軌道。」一九五七年，五十歲的井上靖，可以說是逐漸脫離了「濫寫」的軌跡，改向自己真正的文學途徑出發了。井上靖心目中真正的文學途徑，便是以中國歷史作背景，創作具有歷史性與文學性的小說。踏入這個時期，井上靖才真正算是轉進心靈中冀求的境界，他的筆觸更老鍊，思想亦趨廣博，這時期的佳作，可謂不勝枚舉，現且舉一二如下：

《天平之夢》（《中央公論》五七年）、《滿月》（《中央公論》五八年）、《樓蘭》（《文藝春秋》五八年）、《波濤》（《日本》五八年）、《敦煌》（《群像》五九年）、《洪水》（《聲》五九年）、《明妃曲》（《禮堂讀物》一九六一）、《楊貴妃傳》（《婦人公論》六三年）、《西域》（《筑摩書局》六三年）、《後白河院》（《展望》六四年）、《褒姒的笑》（《心》六四年）與《化石》（《朝日新聞》六五年）。

踏入七十年代，井上靖的創作生涯，已不若往昔的旺盛，在最近的幾年中，他比較受人注意的小說僅有《花壇》（《秋田魁新報》七五年七月至七六年二月）、《我母日記》與《北之海》而已。此外，跟平山郁夫合寫的《亞力山大的道路》，描寫阿富汗與伊朗一帶的名勝古跡，據說銷路也不俗。一個作家，在用去他畢生的精力於寫作後，到了暮年，難免會陷入沉寂的階段，正如川端康成，何嘗又能逃過此限呢！

井上靖的作品，除了在日本受到歡迎外，外國文學界對他的小說，也很重視。從一九五八年開始，井上靖的小說，先後被陸續翻譯成各種外國文字，現根據資料，把各國的譯本列舉在下面。附帶要聲明的是，下面所列主要以單行本為主，至於其餘散見於各報章雜誌的譯文，僅就現時手邊收集所得，備列一起。

● 井上靖《獵槍》英譯本

英譯本

（一）《獵槍》，譯者S．哥路史坦（一九六一年）

（二）《某偽作家的生涯——姨捨——滿月》，譯者里安．貝肯（一九六五年）

（三）《西域》，譯者哥頓．西雅．福特．曉（一九七一年）

法譯本

（一）《獵槍》，譯者哲羅．巴路（一九六一年）

德譯本

（一）《獵槍》，譯者奧斯嘉．邊勞（一九五八年）

（二）《冰壁》，譯者同上（一九六八年）

（三）《鬥牛》，譯者同上（一九七一年）

意大利譯本

（一）《比良的石南花——鬥牛獵槍》，譯者柯．里加．史雅（一九六四年）

波蘭譯本

（一）《獵槍》，譯者安娜．哥斯的史嘉（一九六六年）

中譯本

（一）《天平之夢》，譯者樓適夷（一九六三年）

（二）《獵槍》，譯者東方儀（一九五八年）

（注）根據記憶所及，台灣似曾有人翻譯過〈永泰公主的頸飾〉這篇小說，手邊缺此項資料，容後查證。又《獵槍》中譯並未出過單行本。

作品特色

《某僞作家的生涯》的英譯者里安．貝肯在他所寫的《井上靖論》開首的一節裡寫道：「人類的悲哀與苦惱，孤獨與隔絕，東洋的宿命論與佛教的命運論，在井上靖所有作品的結構裡面，成為了支配性的要素。」這一句話很明顯的指出了，井上靖的小說是感情的成分遠比道德理性的成分為重。在現代日本小說中，感情要素的被強調，乃是長期以來日本文學傳統血脈相連留傳下來的結果。在井上靖而言，他的作品中獨樹一格的那種孤獨隔絕意識，跟他童年的生活以及成年後的經歷，是有着不可分割關係的。我們根據年譜所看到的井上靖的童年生活，是與他的祖母相依渡過，一個缺乏父母之愛的少年，對孤獨的體味，自然不是一般受着父母呵護而成長的孩子們所能了解的。

除了「孤獨隔絕意識」在井上靖的小說裡面佔據着極其重要的地位之外，有關對自然美的感應，也隱然成為他小說另一股主流。里安・貝肯說：「舉例來說，在《某僞作家的生涯》，或者是《姨捨》裡面，將在伊豆半島所渡過的幼年時代重現這件事，可證明他所生長地方的自然環境所給以他的影響是很巨大的。」里安認為井上靖那種獨特的處理自然方法，已成為一種自人類關係那裡得不到的某類東西的代償，造成這種現象的，自然得歸因於他童年的經歷。

事實上，在井上靖的小說裡面，往往會出現「受到小說中動人情節而極度感動的讀者的心，藉着溫婉的描述自然美的技巧，重新回到和平寧靜境界裡去的特色」。井上靖那種對自然環境溫婉的描述，除了得自他的童年生活外，長大後的四出旅行，也是一項重要的因素。受到山川江河薰陶，令到旅人的眼界大開，從而自偪促的天地中解放出來，放眼接觸自然的本體，幾乎是每個作家必經的路途，井上靖正如松尾芭蕉一樣，幸運地經歷了這樣的旅程，這對他日後描寫自然，起了很大的助力。

綜觀井上靖的小說，主要有三大主題。其一是對中國歷史的濃厚興趣，這是由於研究東洋美術與中國歷史的結果；其二是描寫藝術與藝術家間潛藏着的藝術良心；其三則是敘述現在跟過去的社會問題。第一、二項主題，乃是植根於京都大學的研究美學時代，至於第三項，雖然跟美學並無直接關係，但是卻可以解釋為因歷史研究而產生出社會的意識。

作為作家，井上靖的成名是稍晚的。他的成名作《鬥牛》與《獵槍》，是在他四十二歲時才發表的。《獵槍》與《鬥牛》先後發表在一九四九年的《文學界》。《鬥牛》始寫於四七年二月間，《獵槍》則寫於四八年一月，但是發表時，《獵槍》反而搶在《鬥牛》的前面。這兩部小說，正代表了井上靖作品的兩種傾向，簡略言之，《獵槍》是抒情形式的作品，而《鬥牛》則屬敘事的範疇。《獵槍》是描寫一個受不住現實社會種種苦悶，寧可脫離社會生活，獨自過着孤獨寂寞生活的冷眼旁觀者的內心痛苦。《鬥牛》寫的雖然是同屬孤獨者的故事，所有異者，是這位孤獨者卻不停奔竄於社會的第一線，冀求以行動追尋人類行為的意義。以內涵而言，《獵槍》比較消極，而《鬥牛》則是屬於積極的。

井上靖的另一部名作《射程》，寫於一九五六年，所表現的又是一種與前一二者迴異的風格。《射程》是以男主角諏訪高男作為「主位」，而書中所出場的女性，皆被刻劃成陪襯式的「次要角色」。根據表象的描寫，女性都不過是諏訪的「美夢」，但是實際上，她們卻暗中支配着男主角的命運。這裡由次要角色變為實際「主位」的女性形象，在另一部小說《冰壁》中也曾出現過。根據井上靖的自述，這種被永遠化的女性形象，是來自幼年時代對美麗叔母的憧憬。憧憬本來是夢幻而間接性的，缺乏了現實性。但是井上靖在他許多部小說裡面，卻反覆地有意刻劃這種意識，他的其他名作如《樓蘭》裡的王妃、《敦煌》裡的回鶻族公主、《蒼狼》中的忽蘭等美女形象，都是根據他對叔母的憧憬演釋而成的。

在一九五七年後，井上靖的寫作題材，起了極大的變化。這年三月，《中央公論》開始連載了他的小說《天平之夢》。《天平之夢》是講述日本僧人普照、榮叡等留學唐朝的故事，同時也提到鑑真和尚東渡扶桑，在奈良建唐招提寺的史實。這是井上靖初度採用中國歷史作背景所寫的

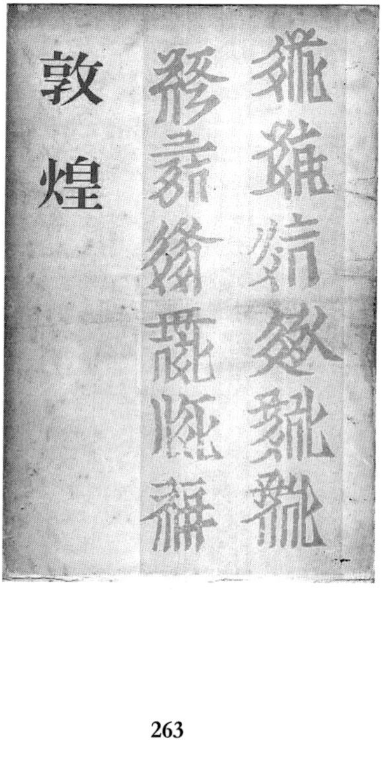

●井上靖的《敦煌》初版

純文學小說，由於得到意料之外的良好反應，於是便陸續寫出了《樓蘭》、《敦煌》等同類題材的作品。

《敦煌》於一九五九年一月開始，在《群像》連載，這是井上靖所作《西域》小說叢書中的一部傑作。井上靖在《西域》一書中說：「自高等學校的學生時期開始，讀到了跟西域有關的旅行記後，一直到現在還在繼續讀着，即使到今日，一有關於西域的書籍出版，就不能不關心的。可能這僅是個人興趣和嗜好，但是亦因而托福寫了幾本用西域作舞台的小說。」

《敦煌》的時代背景，是中國宋朝初葉。那時西夏興起，作亂邊疆，朝廷求才若渴，因而許多飽學之士，都望有日能晉身仕階，為國效力，《敦煌》的主角趙行德便是這樣的一個人物。可惜應殿試時，因貪睡誤事，結果令他蒙上前所未有的、千變萬化的命運。在井上靖的筆下，趙行德是一個身材細小、智力與膽識俱有過人之處的人物，他對女性憧憬的程度，許多時令人懷疑到這正是井上靖「夫子自道」的寫照。

井上靖的歷史小說，是具有特殊風格的。他經過了對歷史的詳細研究，然後創作出極忠於史實的小說。這種結集事實的創作方法，可以說是井上靖當記者時期經驗累積的成果。

在提過井上靖小說的內涵之後，他的文體，也是很值得一談的。井上靖的文體有兩種極其相對的特色。那便是他愛用複雜的長句。在井上靖的小說當中，混含着修飾句與修飾節的長文，隨時都會出現，但是這種「節」與「句」，都是用於刻劃出想要描寫部分的最細微處，因此雖然複雜，卻不冗贅。其次，跟前者恰巧相反，井上靖也擅長於簡潔語句的運用。這種短句包含着日本傳統古典文學俳句與短歌的特性，一語一句，都極為凝鍊，表達出極深遠的含義。井上靖在開始寫小說的時候，有一個時期是有志於詩作的，這種志願後來雖然失敗了，但是潛意識一直仍保存着，發揮於他的小說中。

這種潛藏着詩性質的筆法，跟他專攻美學，以及曾做過記者是很有關係的。里安在《井上靖論》中表示，前者給予他在敘事中美的要素，後者則養成他積集詳細的資料的習慣。里安說：「有關井上的描寫，很像日本畫家所畫的『墨繪』，換言之，就是輕輕一筆，便可以表達出許多含義。井上靖已學到了用最少的暗示描寫物事的最高技術。」

在井上靖的小說文體裡面，除了詩的性質佔了很重的比例外，它的故事性也是不能忽視的。中村光天在他的《井上靖論》中說：「井上靖氏的獨創，在於戰後我國的文學界當中，是在他那種有趣小說的創作。他成功地把以前私小說中獨具的抒情，跟大眾（通俗）文學裡面的故事性綜合了起來，創造出嶄新形成的小說。他的小說兼備故事性與詩的性質，把我國近代小說中各自發展的兩大要素綜合起來，這已足令他在我國小說史上留下了清晰的腳印。」

要解釋為什麼井上靖能把詩質跟故事性綜合起來，就不得不回溯到他在京都大學研究美學的那段時期上去。當時，井上靖除了寫詩，還曾寫了一個叫做《明治之月》的劇本，這個劇本後來由守田勘彌劇團在新橋演舞場公演，可見《明治之月》的故事結構本來便不弱。從這一點推測開去，那時以詩人為出發點的井上靖，實際上已掌握到相近於江戶通俗小說作家與狂言師的寫作技巧了。昭和初期，讀者的讀書趣味，大多是停留於江戶時代的「草雙紙」（通俗圖小說）上，這種「草雙紙」注重故事性，井上靖得寢饋於此，才能寫出《明治之月》一類的劇本。因此在某種意義上，可以說井上靖在尊重近代文學主流「私小說」之餘，還攝取了素被忌諱、輕視的傳統小說的要素，加以適當的實踐。這種當時個人的選擇，不意便造就了他今日的成功。

一九三六年，井上靖〈流轉〉這篇武道小說，得到千葉龜雄獎的時候，許多通俗雜誌都紛紛約他寫小說，但是井上靖一一拒絕了，他不希望自己定型於「通俗作家」

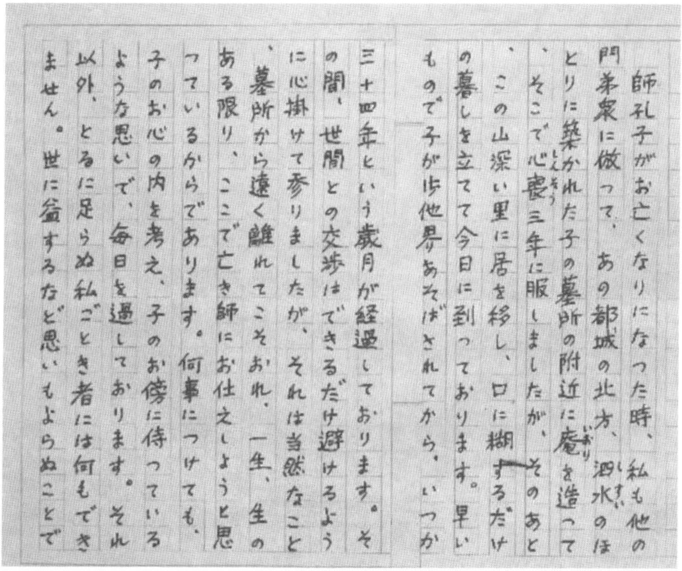
師孔子がお亡くなりになった時、私も他の
門弟衆に倣って、あの都城の北方、泗水のほ
とりに築かれた子の墓所の附近に庵を造って
、そこで心喪三年に服しましたが、そのあと
、この山深い里に居を移し、口に糊するだけ
の暮しを立てて今日に到っております。早い
もので子が他界あそばされてから、いつか
三十四年という歳月が経過しております。そ
の間、世間との交渉はできるだけ避けるよう
に心掛けて参りましたが、それは当然なこと
、墓所から遠く離れてこそおれ、一生、生の
ある限り、ここで亡き師にお仕えしようと思
っているからであります。何事につけても、
子のお心の内を考え、子のお傍に侍っている
ような思いで、毎日を過しております。それ
以外、とるに足らぬ私ごとき者には何もでき
ません。世に益するなど思いもよらぬことで

●井上靖《孔子》手稿

的範疇裡面，寧可進入《每日新聞》工作，這實在是他最明智的選擇。十餘年的記者生涯，令井上靖能放眼看盡社會百態，比起一般三十歲左右便冒起於文壇的作家，對人生還未看得透切，便振筆直寫，當然更能描繪出社會的實態來。他那純熟的敘述故事技巧，完全紮根於他當新聞記者的時代，而美學的研究，則加深了他對歷史文物的領悟。評論家河盛好藏批評井上靖說：「他是語言具有最充實、最普遍意義的詩人，他大部分的小說是以詩來表達思想為母體的。」這真是最確實與貼切的評語。

七七年七月四日寫竟

跋

只有幾句話，沒有黎漢傑君苦心孤詣的張羅搜集，四十七年前的舊文無緣再得睹天日。一句話「感謝」！

西城記於同日夜

四十七年後翻看舊稿，尤其是《松本清張先生印象記》、《井上靖其人及其作品》和《從新感覺派到新興藝術派》三篇文章，教我萬分吃驚，真想不到那時候我對現代文學已有了這樣的了解，時至今日，看法未變。文學要有根和感情，缺之，只是形式上的文學，經不起風吹和雨打。

西城校後再跋

二〇二三年六月十一日

文章發表記錄

奇女子李香蘭（譯）
刊於《大任》第 31 期，1976 年 5 月 6 日

喀什葛爾遊記（譯）
刊於《觀察家》第 1 期，1977 年 11 月 1 日

我所認識的郁達夫（譯）
刊於《七藝》第 2 期，1976 年 12 月 1 日

郁達夫的〈鹽原十日記〉（譯）
刊於《大成》第 61 期，1978 年 12 月

最新發現的郁達夫資料（譯）
刊於《明報月刊》總第 144 期，1977 年 12 月

有關魯迅作品的日譯
刊於《明報》，1976 年 7 月 3 日、4 日

記我的叔父藤野嚴九郎（譯）

刊於《南北極》第82期，1977年3月16日

《阿Q正傳》日譯者——井上紅梅

刊於《明報》，1976年9月2日、3日、4日

《人民中國》日文雜誌主催：京劇前途座談會（譯）

刊於《大成》第70期，1979年9月1日

金庸小說在日本

刊於《作家雙月刊》第2期，1998年7月

我與推理小說

刊於《星島日報》，1978年5月1日

武者小路實篤淺談

刊於《明報月刊》總第125期，1976年5月

迷失、彷徨的村上春樹

刊於《文學評論》第48期，2017年2月15日

從新感覺派到新興藝術派

刊於《明報月刊》總第142期，1977年10月

閒話東洋歌舞伎（譯）

刊於《大大月報》第9期，1975年7月1日

默默耕耘的老人——記翻譯家本橋春光教授

刊於《香江文壇》第4期，2002年4月

東洋刀劍談

刊於《大大月報》第18期、19期，1976年4月1日、5月1日

日本武士道與西歐騎士道

刊於《益智》第2期，1976年1月23日

日本作家寫稿的怪癖

刊於《益智》第4期，1976年2月23日

松本清張先生印象記

刊於松本清張著，沈西城譯：《霧之旗》，臺北：遠景，1974 年

井上靖其人及其作品

刊於《南北極》第 87 期，1977 年 8 月 16 日

梅櫻二集

作　　者：沈西城
封面設計：Kace yellow
責任編輯：黎漢傑
設計排版：陳先英
法律顧問：陳煦堂 律師

出　　版：初文出版社有限公司
電郵：manuscriptpublish@gmail.com

印　　刷：陽光印刷製本廠

發　　行：香港聯合書刊物流有限公司
香港新界荃灣德士古道 220-248 號
荃灣工業中心 16 樓
電話：(852) 2150-2100　傳真：(852) 2407-3062

臺灣總經銷：貿騰發賣股份有限公司
電話：886-2-82275988　傳真：886-2-82275989
網址：www.namode.com

版　　次：2023 年 7 月初版
國際書號：978-988-70074-9-4
定　　價：港幣 138 元 新臺幣 520 元

Published and printed in Hong Kong

香港印刷及出版